Le chat du jeu de quilles

Tome 2 :

Qu'est-il arrivé à Manon ?

De la même autrice

Donner la vie (Philie Station – Tome 3) (2023)
Saluer la vie (Philie Station – Tome 2) (2022)
Changer de vie (Philie Station – Tome 1) (2022)
Quelqu'un à qui tendre la main (2021)
Dans la peau (2021)
7 jours pour tout se dire (2019)
Putain de vacances ! – Tome 3 (2019)
Putain de vacances ! – Tome 2 (2018)
Putain de vacances ! – Tome 1 (2018)
Le Choc de la haine (2017)
Le Poids de la colère (2016)
Le Frisson de la liberté (2016)
Le chat du jeu de quilles – Tome 3 (2015)
Le chat du jeu de quilles – Tome 2 (2014)
Circa mortem – Nouvelles (2012)
Devenir biographe (2012)
Fragments de Sud – Nouvelles (2010)
L'Amérique du Sud en famille – Deux ans en famille sur les pistes d'Amérique du Sud dans un fourgon VW (2010)
La face cachée des cocotiers – Mission humanitaire d'une famille en Sierra Leone (2008)

Florence CLERFEUILLE

Le chat du jeu de quilles

Tome 2 :

Qu'est-il arrivé à Manon ?

FADM

ISBN 979-10-95023-38-8

La juge vient tout juste de me relâcher. Je suis là, debout en haut des marches qui descendent du tribunal, appuyé contre l'une des énormes colonnes grises et dentelées qui soutiennent le fronton. Il fait frais ; un drôle de vent trop glacé pour la saison s'est levé. Je me sens mal. J'ai mal au ventre, des nœuds dans l'estomac, le cœur qui bat trop vite. Ou trop fort. Ou les deux. À vrai dire, je ne sais pas. Tout ce que je sais, c'est que je ne me sens pas bien.

Putain, Manon, t'es passée où ? Je dois commencer par où pour te retrouver ?

Je me sens paumé comme rarement dans ma vie. La dernière fois, c'était il y a dix ans, quand Maman est morte. Maman. De son vivant, je disais « ma mère » : je trouvais que c'était crétin, à plus de 40 ans, d'utiliser ce mot d'enfant. Maintenant, c'est le seul que j'arrive à prononcer.

Quand c'est arrivé, j'étais comme maintenant : à l'ouest. Comme si on m'avait subitement transplanté dans un monde parallèle dont les règles m'étaient inconnues.

J'étais mal. Avec une grosse boule dans la gorge et des hurlements qui n'arrivaient pas à sortir.

Maintenant, c'est pareil…

Sauf que Manon n'est pas morte. Ne peut pas être morte !

Par réflexe, je sors une beedie de ma poche : rien de tel que les gestes mécaniques pour reprendre pied dans la réalité. Ou avoir l'illusion qu'on reprend pied.

Je suis donc là, sur les marches du tribunal. Je viens de sortir une beedie de son paquet et de l'allumer avec le vieux briquet Zippo qu'un ami de mes parents m'a offert pour mon vingt-cinquième anniversaire, il y a très exactement vingt-huit ans, quatre mois et vingt et un jours. Pour les heures, les minutes et les secondes, je ne suis pas très sûr des chiffres… En tout cas, cela fait longtemps (très longtemps) que je traîne ce truc dans tous les coins du monde où ma carrière de journaliste m'a conduit.

Le plus dingue, c'est que je ne l'ai jamais perdu. Et qu'il fonctionne encore. Il n'y a pas à dire : le matériel américain, ça tient la route.

Heureusement, d'ailleurs, parce que les beedies, ça demande à être rallumé au moins dix fois quand on n'est pas concentré sur le fait de fumer. Et c'est exactement ce qui m'arrive en ce moment : je ne suis pas très concentré sur ce que je fais de mes dix doigts.

J'essaie de réfléchir. Et je n'y arrive pas.

Ce n'est pas pour rien que je raconte n'importe quoi…

Manon.

Manon a disparu.

Récapitulons ce que je sais. Pas grand-chose, en fait. Manon a quitté la maison lundi matin, à 7 h, soit il y a deux jours. La juge ne me l'a pas rappelé, mais ce n'était pas nécessaire : comme tout le monde, je sais que dans les cas de disparition, les premières quarante-huit heures sont décisives.

Or en l'occurrence, elles sont surtout écoulées…

Pour être tout à fait exact et précis, je devrais d'ailleurs plutôt dire que Manon est venue me dire qu'elle partait, mais que comme j'étais à moitié endormi au fond du lit, je ne peux pas affirmer qu'elle a ne serait-ce que quitté la maison…

Faisons quand même l'hypothèse que cela a été le cas. *A priori*, Manon a quitté le village à 7 h du matin dans sa voiture de location. Voiture qui a été retrouvée hier soir, tard, à quelques kilomètres à peine de la maison où je m'étais rendormi lundi sans une once de remords.

La voiture n'avait rien. Aucune trace d'accident ou même de l'accrochage le plus minime. Les bagages de Manon étaient toujours dans le coffre. Les clés avaient disparu mais les portes de la voiture n'étaient pas verrouillées. Comme si Manon était partie pressée et n'avait pas pris le temps d'appuyer sur le bouton de la télécommande… Ou comme si elle était sortie de sa voiture en pensant y rentrer quelques secondes plus tard.

Là commence l'étrange.

Manon n'avait aucune raison de sortir de sa voiture si peu de temps après le départ. Par contre, elle avait toutes les raisons de vouloir arriver à Paris le plus vite possible : son rédacteur en chef l'attendait.

Quelque chose ne tourne pas rond dans ce début d'histoire. Il n'y a rien de logique.

Si la voiture avait été abîmée, d'une façon ou d'une autre, on pourrait penser que quelqu'un d'extérieur est intervenu. Qu'il a menacé ou agressé Manon et que cela s'est mal terminé. Que donc il a laissé son cadavre quelque part. Ça, c'est la version pas cool de l'histoire.

On pourrait aussi imaginer que le même quelqu'un a enlevé Manon. Mais là, d'abord, on se demande bien pourquoi. Et ensuite, s'il y avait eu enlèvement, il y aurait des traces de lutte. Au moins des traces de pas. Connaissant la donzelle, je suis sûr que Manon ne se serait jamais laissé faire sans opposer de résistance.

Le hic, c'est qu'on n'a relevé aucune espèce de trace de quoi que ce soit autour de cette putain de bagnole.

Alors quoi ? Manon ne s'est quand même pas volatilisée ! Elle n'a pas non plus décidé de s'offrir un petit voyage spatio-temporel à la *Retour vers le futur* sans quitter le siège de conducteur de sa voiture. Sinon, pourquoi aurait-elle embarqué les clés ?

Ce n'est pas drôle, je sais, mais c'est plus fort que moi : quand je ne comprends pas quelque chose, il faut que je sorte une blague à la con. Une blague à deux balles, comme dit toujours Manon en mimant le geste de quelqu'un qui appuie sur une gâchette.

J'espère que personne n'a fait ce genre de geste en vrai devant elle…

L'air frais me fait du bien. La beedie aussi. Je sens que la mécanique de mes neurones se met doucement en route. Je retrouve ma casquette de journaliste d'investigation et mes réflexes de vieux limier. Comme un chien de chasse que son propriétaire fait monter dans la fourgonnette qui va les conduire tous les deux au milieu de la forêt, je me mets à humer l'air autour de moi. Comme si l'odeur de Manon allait se manifester et me diriger tout droit vers elle…

Soyons logiques et efficaces. Comme je dis souvent : réfléchissons peu, mais bien. Je n'aime pas me fatiguer pour rien, même si la plupart des gens pensent au contraire que je prends plaisir à me triturer les neurones et à couper les cheveux en quatre. Ça, c'est à mon sens de la perfection que je le dois !

Pour en revenir à l'image du chien de chasse, si je veux me lancer à la recherche de Manon, il faut bien que je prenne les choses par un bout. Que je trouve le début de la trace. Ce n'est pas forcément que je mette en doute la capacité de la gendarmerie à la retrouver ou que je me méfie d'une éventuelle absence de motivation (après tout, Manon est majeure et vaccinée et même si sa disparition a été qualifiée d'inquiétante, on peut toujours supposer qu'elle a volontairement choisi de disparaître de la circulation) mais l'expérience a quand même prouvé que parfois un journaliste motivé (ou deux, en l'occurrence) obtient de bien meilleurs résultats.

C'est vrai, sans nous deux, Manon et moi, le mystère de l'assassinat du père Pommier n'aurait jamais été élucidé. À moins que Monsieur Thomas n'ait décidé un beau jour de tout avouer.

Bref, ce n'est pas parce que la gendarmerie est sur le coup que je ne vais pas m'en mêler.

Du côté de la voiture, autant que je sache, on n'a rien trouvé. Et de toute façon, maintenant, elle a été récupérée par les enquêteurs, sans doute auscultée à la loupe, peut-être même déjà remise à la société de location qui en est propriétaire… En tout cas, moi, pauvre petit vieux journaliste lambda à la retraite, je n'y ai plus accès.

Par contre, je sais à quel endroit la voiture a été retrouvée. J'y suis allé dès que j'ai su, mais il y avait un périmètre de sécurité autour, des mecs et des nanas en uniforme un peu partout, et les badauds comme moi n'étaient manifestement pas les bienvenus.

J'ai eu beau dire que je connaissais Manon, que c'était de chez moi qu'elle était partie le matin même de sa disparition (disparition que j'avais moi-même signalée) et que je pourrais peut-être remarquer quelque chose d'anormal ou d'intéressant pour l'enquête, interdiction d'approcher. Tout ce que mon insistance m'a valu, c'est d'être embarqué (pas *manu militari*, mais presque) pour être interrogé, puis convoqué chez la juge.

Juge que je viens tout juste de quitter et qui m'a manifestement à l'œil.

À croire que je suis suspect dans cette affaire… Ce qui, à bien y réfléchir, est logique. Après tout, je suis la dernière personne à avoir vu Manon en vie. Même si, comme je l'ai très justement fait remarquer à la juge, j'étais tellement mal réveillé qu'il serait plus juste de dire que je l'ai entraperçue… Mais bon, disons que je suis le dernier témoin de son existence sur Terre.

C'est normal qu'on me regarde bizarrement.

La justice, de toute façon, regarde toujours les gens bizarrement. D'un œil soupçonneux. C'est dans sa nature, pour ne pas dire dans ses gènes. Le coupable est là, quelque part ; il faut renifler tout le monde pour le trouver. Encore l'image du chien de chasse !

Tout ça me rappelle que le chat est resté dans la maison quand je suis parti. Si je ne veux pas tout retrouver sens dessus dessous, il va falloir que je rentre fissa.

Je n'aime pas les taxis. Ou plus exactement je n'aime pas me faire conduire assis à l'arrière d'une voiture.

Il y a des tas de pays où ça ne pose pas de problème : les chauffeurs acceptent sans aucune difficulté qu'on s'asseye à côté d'eux. Mais en France, la culture de la peur généralisée est tellement ancrée dans l'imaginaire collectif que je ne m'aventure plus à demander ce genre de chose. C'est le coup à se retrouver accusé de terrorisme ! Alors, je préfère ronger mon frein (ce qui est tout de même un comble pour quelqu'un qui ne conduit jamais et ne connaît rien à la mécanique…) et m'asseoir à l'arrière. En priant pour que le trajet dure le moins longtemps possible et que le chauffeur accepte au moins de discuter. J'ai horreur de ceux qui, sous couvert de se la jouer professionnel qui travaille, refusent de décrocher un mot.

Il faut croire qu'aujourd'hui n'est pas un jour de chance : le gars sur lequel je suis tombé a décidé de se passionner pour la radio. France Info pour ne pas la citer. J'ai l'impression d'être ramené un an en arrière, quand mon quotidien, c'était de bouffer de l'info à tour de bras.

La deuxième chose que je n'aime pas chez les taxis (et ça, c'est nouveau ; en fait, ça date de mon arrivée dans ce fichu coin perdu d'Aveyron), c'est la curiosité qu'ils suscitent sur leur passage. Oh, pas à Paris ! Là, on est habitué à les voir. Ils font partie du paysage. C'est même quand on ne les voit pas qu'on se dit qu'il manque quelque chose. Mais dans un bled comme celui dans lequel le père Pommier a décidé de pendre sa femme avant de se faire égorger, c'est une autre affaire !

Là, le passage d'un taxi a plutôt tendance à se faire soulever tous les rideaux qui ont l'air d'empêcher les gens de regarder ce qui se passe dehors, devant leur maison… alors qu'en fait ils vous empêchent surtout de voir qui vous regarde derrière !

Maintenant que je connais presque tout le monde, je suis capable de dire qui s'est précipité à la fenêtre pour me voir passer et qui ne l'a pas fait. La mère Barthe a été la plus rapide, comme toujours : j'ai vu son rideau de dentelle de crochet frémir avant même que l'avant du taxi ne soit à sa hauteur.

En descendant de voiture devant la maison qui est devenue mon chez-moi (pour ne pas dire notre chez-nous, à Manon et à moi), je jette discrètement un regard aux maisons environnantes. Les habitants de celle d'en face sont sur le trottoir ; ils ne peuvent pas ne pas me voir. Quant à ma voisine, madame Laur, experte elle aussi dans l'art du lever de rideau, je vois bien qu'elle est fidèle au poste. Autant dire que dans moins de deux heures tout le village va savoir que je suis rentré. En taxi, donc libre.

Ce dernier point a son importance. C'est même ce qui me pousse à faire traîner un peu les choses au moment de payer la course : plus ça dure, plus il y a de gens susceptibles de savoir que la juge ne m'a pas mis en examen. D'ailleurs, si je reviens au village, c'est bien que j'ai la conscience tranquille ! Cela dit, qui dit conscience tranquille ne dit pas forcément innocence :

les gens l'ont bien compris, maintenant qu'ils savent que le meurtrier du père Pommier a gentiment vécu au milieu d'eux pendant dix ans…

Je prends même le temps de regarder le taxi s'éloigner avant de me diriger vers la porte de la maison. Rien n'a changé depuis mon départ, quelques heures plus tôt, et pourtant j'ai l'impression de découvrir un endroit inconnu. Un endroit marqué du souvenir de la présence de Manon. Une présence d'autant plus palpable que celle dont il est question a peut-être disparu à jamais.

Sur le rebord de la fenêtre, le chat est assis bien droit, fier et digne. Son attitude me fait irrémédiablement penser à celle de Monsieur Thomas.

Mon pauvre Marc, tu te mets à dérailler. C'est un chat. Juste un chat. Pas l'incarnation animale d'un assassin !

Mais alors, pourquoi diable ses yeux en amande à peine entrouverts posés sur moi me font-ils l'effet d'une caméra de vidéosurveillance ?

Je glisse la clé dans la serrure, la tourne, baisse la poignée et pousse la porte. Le chat, totalement immobile la seconde précédente, a déjà bondi par terre pour se faufiler entre mes jambes.

Un jour, il va vraiment me faire casser la gueule, ce con !

Le temps de remplir sa gamelle (au moins, pendant qu'il mange, il va me laisser tranquille), j'attrape une bouteille d'eau dans le frigo et avale de longues gorgées directement au goulot. Je meurs de soif ! Pourtant, le trajet en taxi a été particulièrement silencieux. Et court. Il faut croire que j'ai beaucoup parlé devant la juge. Trop ? Allez savoir ! Avec ces gens-là, on ne sait jamais comment ce qu'on dit va être interprété.

En ce qui concerne la suite des événements, j'hésite un peu. Filer chez Gaston, au bar, pour prendre la température et tenter de glaner quelques informations ou retourner là où la voiture de location de Manon a été retrouvée pour essayer de comprendre ce qui a pu se passer ?

Avant que j'aie pu prendre une décision, des coups frappés à la porte me font sursauter. Pas de peur, mais d'étonnement : depuis mon installation ici, c'est la toute première fois que quelqu'un vient frapper à ma porte.

Je repose ma bouteille d'eau dans le frigo et vais ouvrir.

« Madame Laur ? dis-je en reconnaissant ma voisine. Qu'est-ce qui vous amène ? »

La vieille dame pose sur moi des yeux inquiets et interrogatifs.

« Vous avez des nouvelles ? demande-t-elle à mi-voix. De votre amie…

— Non, aucune. Personne ne sait ce qui lui est arrivé. »

À entendre ces mots dans ma propre bouche, je me sens pris de vertige. Portant une main à mon front, je tente de me ressaisir, mais je vois bien que les choses, autour de moi, n'arrivent pas à retrouver leur netteté.

« Excusez-moi… » dis-je en attrapant la table d'une main et en me laissant quasiment tomber sur une chaise.

Madame Laur referme la porte et s'approche. Elle se tient debout, bien droite, devant moi, de l'autre côté de la table.

« Vous êtes inquiet, dit-elle. C'est normal. N'importe qui le serait, à votre place. Moi aussi, je suis inquiète ! Et je ne suis pas la seule, dans le village, vous savez…

— Ah bon ?

— Évidemment ! Une si jeune femme, si jolie et si gentille… On ne peut pas rester indifférent, quand même ! »

Je suis bien obligé de reconnaître que sa sollicitude me touche. De là à le lui dire, il y a un pas que je ne vais certainement pas franchir, mais quelque chose me dit que ce n'est de toute façon pas nécessaire : au sourire quasiment maternel qui éclaire le visage de la vieille dame, je vois bien qu'elle a tout compris.

C'est le moment que le chat choisit pour me sauter sur les genoux. Pendant quelques secondes il tourne en rond, cherchant sa place, puis il s'installe tranquillement et se met à ronronner. Machinalement, je le caresse.

« Vous n'êtes pas seul, monsieur Linard, reprend ma voisine. Si vous voulez parler, je suis là, juste à côté. Et puis, vous avez le chat pour vous tenir compagnie ! Gardez le moral, surtout. »

Et sans attendre une réponse que je ne lui aurais certainement pas donnée, elle sort de la maison.

Sur mes genoux, le chat ronronne toujours.

« Qu'est-ce que t'en penses, toi ? Elle est où, Manon ? Qu'est-ce qui lui est arrivé ? »

Imperturbable, l'animal continue d'émettre son bourdonnement d'avion à réaction en miniature. Les yeux clos, la pointe de la langue sortie, il est l'image même de la sérénité. Tout le contraire de moi, en somme !

La chaleur de son corps sous mes doigts, la douceur de son poil, ce bruit sourd et continu, sans accroc… Tout me fait du bien. Mais je n'ai pas encore l'âge de passer mes journées assis avec un chat sur les genoux.

J'en reviens donc à mon interrogation d'origine : le bar ou l'endroit où on a retrouvé la voiture ?

Je décide de choisir la première option. D'abord, ça me fera moins de chemin à parcourir ; ensuite, pour la seconde, il vaut mieux que je prévoie de partir tôt le matin. Ce sera plus discret.

Là, vu que je viens d'arriver, il y a fort à parier que des mains soient encore accrochées aux rideaux derrière les fenêtres de mes voisins et je ne voudrais pas aggraver mon cas en me précipitant tout de suite vers ce qui doit déjà être considéré comme le lieu du crime. Si je vais chez Gaston, ça va rassurer tout le monde : c'est ce que j'ai toujours fait, ça sera le signe pour tous que la vie reprend son cours normal et que les choses sont bien à leur place.

Reste à voir comment le tenancier va me recevoir…

« Allez, le chat, lève-toi : faut que j'y aille. »

Comme d'habitude en fin d'après-midi, il y a du monde au bar. J'avance sans aucune hésitation sur le trottoir jusqu'à la porte du Café des Sports, pose ma main sur la poignée et entre. Le brouhaha habituel m'accueille.

« Salut tout le monde ! »

La phrase lancée à la cantonade fait se retourner la plupart des têtes. Quelques réponses fusent, avec une demi-seconde de retard. C'est le signe qu'il y a quand même eu une petite hésitation. Petite, mais suffisamment grosse pour être perceptible. Pas de quoi fouetter un chat cependant.

En quatre ou cinq grandes enjambées, j'atteins ma place habituelle au bar. Le tabouret est libre. Comme si on m'attendait… Ou comme si le siège sentait trop le soufre pour que quelqu'un d'autre ose y poser ses fesses ! Gaston est occupé à servir des clients à l'autre extrémité du comptoir. Cela me laisse le temps de m'installer et de faire un tour d'horizon.

Quelques regards se détournent pour éviter de me faire face, mais dans l'ensemble, j'ai bien l'impression de ne susciter que de l'indifférence. En tout cas, les conversations qui s'étaient arrêtées pendant quelques dixièmes de seconde à mon entrée ont repris leur cours au même niveau sonore. On ne parle donc pas de moi. C'est bon signe.

« Une bière, comme d'habitude ? Ou un double whisky ? »

C'est Gaston. Je ne m'étais même pas rendu compte qu'il s'était déplacé vers moi.

« Une bière, s'il te plaît. »

Le temps de faire couler la pression et de poser le verre devant moi, Gaston fait comme si de rien n'était. Mais dès que je lui ai tendu mes trois euros cinquante et qu'il les a rangés dans sa caisse, il pose ses deux mains bien à plat sur le comptoir.

« Alors ? demande-t-il.

— Alors quoi ?

— Ben raconte ! Ça s'est passé comment, chez le juge ?

— La juge. C'était une femme.

— La juge, si tu veux… Comment ça s'est passé ?

— Et comment tu sais que je viens de voir un juge ? » dis-je sans répondre.

Gaston hausse les épaules

« Y'avait du monde, près de la voiture de ta copine. On a entendu ce que disaient les gendarmes quand ils t'ont emmené.

— Les bruits courent toujours aussi vite », ne puis-je m'empêcher de grogner.

Je n'ai pas l'intention de me défiler face aux questions de Gaston (j'ai encore en tête sa réaction quand il a compris que Manon était à l'origine de la publication des aveux de Monsieur Thomas) mais je ne veux pas non plus me précipiter. Alors je prends le temps de boire une longue gorgée avant de répondre : il ne sera pas dit que j'aurai l'air coupable ou même vaguement mal à l'aise.

« Ça s'est passé comme ça se passe dans le bureau d'un juge : elle a posé des questions et je lui ai répondu.

— Mais elle t'a pas mis en examen ? »

Pour le coup, je me permets un éclat de voix sonore qui fait taire tout le monde.

« Mis en examen ? Moi ? Et pourquoi donc ? C'est pas parce que Manon est partie de chez moi le matin de sa disparition que j'ai quelque chose à voir avec ça ! Non, la juge voulait juste savoir ce qui s'était passé lundi matin. Si Manon m'avait dit quelque chose de particulier ou si j'avais remarqué un truc bizarre…

— Et alors ?

— Alors, vu que je me suis même pas levé quand elle est partie et que je me suis rendormi tout de suite après, inutile de te dire que j'ai pas remarqué grand-chose ! »

Derrière moi, les conversations reprennent. Banco : en trois phrases, j'ai rassuré tout le monde. Je suis assez content de moi, je dois dire ! Ça vaut bien deux ou trois grosses lampées.

Gaston me laisse faire, toujours attentif même si ses mains ont repris leur comportement habituel, toujours un torchon ou une bouteille dans les mains.

« Et sinon, reprend-il, tu crois qu'ils ont une piste ? Qu'ils savent ce qui s'est passé ?

— J'ai pas l'impression, non…

— Et… À ton avis… Elle est partie où, ta copine ? »

Sa voix a baissé d'un ton pour me poser la question. Gaston est le mec le plus bavard que je connaisse, mais il sait faire preuve de discrétion et même de tact quand il en a envie. J'en éprouve un soulagement inattendu. Mine de rien, toute cette histoire m'a drôlement secoué…

« J'en ai aucune idée, figure-toi. Elle devait rentrer chez elle, à Paris, et aller bosser au journal, comme toujours. C'était ce qui était prévu. Et la connaissant, sachant comme son boulot la tient aux tripes, je vois aucune putain de raison valable pour qu'elle ait changé d'avis en cours de route. Alors pourquoi est-ce que sa voiture a même pas quitté la commune, j'en sais fichtre rien… »

Gaston se rapproche de moi et baisse encore plus la voix.

« Tu crois qu'il lui est arrivé quelque chose ? Qu'elle a été… »

Le dernier mot n'arrive pas à sortir, manifestement. Je décide de finir moi-même la phrase.

« Tuée ? Comme le père Pommier ?

— C'est ça.

— Je vois pas par qui. Ni pourquoi ! Depuis qu'il a avoué le meurtre du père Pommier, Monsieur Thomas est en prison. Y'a pas d'autre tueur, sur la commune, que je sache !

— Non, c'est sûr… Mais si elle est pas partie d'elle-même…

— Elle peut avoir été enlevée.

— Par qui ?

— Ça, c'est la question à cent balles, mon vieux ! Qui aurait pu vouloir enlever Manon, et pourquoi ? »

Gaston hoche la tête comme pour approuver, mais je sens bien que quelque chose le tracasse. Finalement, il lâche le morceau.

« Elle s'est quand même pas fait que des copains avec son article.

— Qu'est-ce que tu veux dire par là ?

— Ici, on n'aime pas être sous les feux de la rampe. Passer à la télé, c'est pas trop notre truc… Surtout pour ce genre de chose. Forcément, y'en a qui disent qu'elle aurait mieux fait de fermer sa gueule… Après tout, ça gênait qui, que Monsieur Thomas ait trucidé le père Pommier ? De toute façon, ils avaient plus de famille, ni l'un ni l'autre. Et puis, Monsieur Thomas, il était respecté ici. Il rendait service à plein de gens. Maintenant qu'il est en taule, y'en a qui sont drôlement dans la merde, avec leurs dossiers PAC et compagnie.

— Et tu crois qu'ils seraient allés jusqu'à s'en prendre à Manon ? Ça leur aurait rapporté quoi ?

— Rien. Mais tu sais bien ce que c'est : un groupe de mecs qui a un peu trop bu, ça peut faire n'importe quelle connerie. Même la plus grosse… Surtout la plus grosse ! »

Tout ça m'ouvre quelques perspectives. Affiche quelques noms sur mon mur virtuel de suspects. Des débuts de pistes se dessinent. Pas très convaincantes, mais c'est toujours mieux que rien.

« Enfin, moi, ce que je dis… conclut Gaston.

— Ouais, je sais : tu dis ça, tu dis rien…

— Exactement. Surtout que si elle s'était fait occire, ta copine, les flics auraient sûrement retrouvé son corps : ils ont quadrillé tout le secteur.

— Ah bon ?

— Comme je te le dis ! Un mec tous les cinq mètres, dans un rayon d'un kilomètre. Ça en a fait, du bleu, dans la campagne environnante !

— Et alors ?

— Alors quoi ? Tu crois qu'ils sont venus me faire un compte rendu ? C'est à ta juge qu'il fallait poser la question ! »

Gaston commence à s'énerver. Et je sais que dans ce cas-là, il vaut mieux le laisser faire tout seul…

« Bon, ben, je crois que le mieux que j'ai à faire c'est de rentrer chez moi.

— Si tu le dis… »

J'ai bien l'impression de déceler un chouïa d'ironie dans sa voix, mais je ne suis pas très sûr. La fatigue de la journée s'accumule et se dépose sur les dernières gouttes de ma bière pression. Je n'ai plus les idées très nettes.

Une bonne nuit de sommeil, voilà ce qu'il te faut, mon vieux ! Avant que tu te mettes à délirer grave…

Le type qui me regarde dans le miroir de la salle de bains a une tronche à faire peur. Des valises sous les yeux de la taille d'un camion-poubelle, des joues pas rasées dont la peau a comme une légère tendance à pendouiller vers le bas (ce n'est pas pour rien qu'on parle de bajoues…) et une haleine proche de celle du chacal…

Je sais, ça ne se voit pas, mais quand je m'approche de la glace et qu'elle me renvoie au nez l'air qui sort de ma bouche, je ne remarque plus que ça : une odeur à faire gerber le plus inébranlable des journaleux.

Pourtant, je n'ai pas bu grand-chose. Je n'ai même pas accepté le double whisky que Gaston m'a proposé à mon arrivée. Et pourtant, Dieu sait que je l'aurais bien avalé cul sec !

Non, cette odeur, elle vient de moi. De mes tripes. Nouées serré par l'inquiétude. Devant Gaston, j'ai fait mine de rien. L'habitude de crâner, ou plutôt de ne pas montrer ce que je ressens, mais là, devant ce miroir, je suis bien obligé de reconnaître l'odeur que je renifle : c'est celle de la peur. La trouille avec un T majuscule.

S'il est arrivé quelque chose de grave à Manon, je ne me le pardonnerai jamais. Même si je n'y suis pour rien. Même si c'est elle qui m'a traîné jusqu'ici, et pas l'inverse.

S'il est arrivé quelque chose à Manon aussi près du village, c'est que quelqu'un d'ici s'en est pris à elle. Et ça, j'aurais dû le voir venir. J'aurais dû le sentir.

T'es devenu un putain de vieux croûton, mon gars !

Sans même prendre le temps de me déshabiller (mais après m'être brossé les dents, rapport à cette odeur insupportable), je m'affale sur le lit. Deux jours et demi que Manon l'a quitté. Le matelas ne porte plus la trace de son corps, mais en fermant les yeux, si j'enfouis mon nez dans le traversin de son côté, maintenant que mon haleine est redevenue civilisée, je retrouve un peu de son odeur.

C'est idiot à dire, mais ça me rassure : si son odeur est toujours là, Manon existe encore forcément quelque part. Vivante. J'en suis sûr. Enfin, il faut que je le sois. Si je n'y crois pas, qui va le faire pour moi ?

Neuf heures de sommeil sans le moindre rêve plus tard, je me réveille en sursaut. Il fait encore nuit noire. Je suis toujours étendu tout habillé sur le lit. Normal : qui serait venu me mettre à poil ou me recouvrir d'une couverture pendant la nuit ? Et j'ai l'impression (particulièrement désagréable) de ne pas être seul.

Sans bouger, j'essaie de comprendre et d'y voir plus clair. Qu'est-ce qui se passe ? Le kidnappeur de Manon a décidé de s'en prendre à moi, maintenant ?

Un frémissement du côté de la fenêtre attire mon attention, juste avant qu'un poids n'atterrisse sur le lit à quelques centimètres de mon bras gauche.

« Putain, le chat, tu vas finir par me rendre cardiaque ! »

Cet imbécile se met aussitôt à ronronner. Le temps de se lécher les pattes et de se rouler en boule sur mon ventre, le voilà qui se met à vibrer comme une vieille bouilloire. Le plus fou, c'est que ça ne me dérange même pas et c'est avec la nette sensation du poids du chat montant et descendant au rythme de ma respiration que je me rendors.

Faudrait quand même pas que je me lève trop tard, pour retourner voir l'endroit où on a retrouvé la voiture de Manon…

Un coup de sonnette me réveille en sursaut pour la seconde fois de la journée. Ou de la nuit, je ne sais plus. En tout cas, ça insiste.

« J'arrive ! »

Mon cri a fait gicler le chat de sur mon ventre. À moins que ce soit mon envie manifeste de me lever. En tout cas, il est là, devant la porte, prêt à sortir, bien avant moi. Il a des réflexes, l'animal !

La lumière du jour me fait cligner des yeux et il faut que je mette une main en visière sur mon front pour discerner qui se trouve devant moi. C'est le facteur.

« J'ai un recommandé pour vous. Signez là, s'il vous plaît.

— Un recommandé ? »

Je dois avoir l'air complètement ahuri. Le facteur soupire bruyamment et insiste avec son stylo.

« Oui, un recommandé. Vous verrez bien de qui tout à l'heure. Pour l'instant, moi, il me faut une signature. »

Toujours dans le coaltar, je griffonne ce qui me sert d'autographe sur la feuille qu'il me tend.

« Merci. Tenez, voilà votre courrier.

— Merci…

— Bonne journée ! »

Il est déjà reparti et je suis toujours planté là, dans l'encadrement de la porte, avec trois enveloppes dans la main. Un regard sur ma montre m'apprend qu'il est 11 h. Moi qui voulais me lever tôt... C'est carrément raté.

Le recommandé vient du bureau de la juge. Le moins qu'on puisse dire, c'est qu'elle n'a pas chômé. À croire qu'elle a posté son courrier juste après mon départ !

J'ouvre l'enveloppe avec application, en extrais le feuillet qu'elle contient et le déplie. C'est un courrier tout ce qu'il y a de plus simple et court qui me demande officiellement de ne pas quitter le pays. Il faut croire que quelque part, je suis quand même un peu suspect...

Étant donné l'heure et l'état semi-comateux dans lequel je me suis réveillé, je préfère me faire couler un grand bol de café avant d'aller plus loin. De toute façon, je ne suis pas plus capable de réfléchir qu'un mollusque.

Sur la table, les deux enveloppes supplémentaires que l'employé de la poste m'a données attendent que je veuille bien m'occuper d'elles. Je jette dessus un regard distrait. L'une provient de ma banque. C'est sans doute un courrier publicitaire sans grand intérêt : voilà belle lurette que je ne reçois plus aucun relevé par la poste. L'autre a été expédiée par l'agence de location auprès de laquelle Manon et moi avons trouvé la maison dans laquelle je me trouve. Elle n'éveille pas plus ma curiosité.

Mon premier réflexe est de les jeter toutes les deux telles quelles à la poubelle, mais un fond de conscience professionnelle, si je puis dire, me retient. On ne sait jamais : il vaudrait quand même mieux prendre la peine de les ouvrir. Plus tard.

Je les pose à côté de la cafetière et me sers mon grand bol de petit noir. Le temps de faire glisser trois morceaux de sucre à l'intérieur et de saisir une petite cuillère pour mélanger tout ça et je m'approche de la fenêtre qui donne sur la rue principale.

Ni Manon ni moi n'avons jamais pris la peine d'y fixer des rideaux. C'est à ce genre de détail idiot et *a priori* insignifiant qu'un observateur averti peut deviner que nous ne sommes pas d'ici et que nous venons d'une grande ville.

Des habitués du Café des Sports passent devant la maison. Ils avancent d'un pas pressé, signe que l'heure de passer à table approche. Ici, on ne plaisante pas avec les horaires : le repas de midi, c'est à midi pile !

Nickel ! Le temps d'avaler mon bol, je suis sûr que tout le monde sera à table. Je pourrai sortir de chez moi sans me faire remarquer.

Sitôt pensé, sitôt mis à exécution. À midi passé de dix minutes, c'est l'estomac plein de café et les neurones en alerte que je mets le nez dehors. Le soleil a retrouvé sa place, bien haut dans le ciel, mais j'enfile quand même mon blouson, histoire de pouvoir planquer un minimum de matériel dans mes grandes poches : un appareil photo numérique compact, des piles de rechange et une carte de stockage.

Sortir du village me demande un bon quart d'heure.

T'aurais dû louer une voiture, ça aurait été plus efficace !

En tout cas, mon calcul était bon : je ne croise personne. Pas un piéton, pas un motard, pas un automobiliste. Je ne fais même pas aboyer un chien. À croire qu'eux aussi sont le nez collé dans leur gamelle, trop occupés pour s'intéresser à ce qui se passe en dehors de leur maison.

Je n'ai vu que le chat, qui m'a regardé passer sans prendre la peine de me suivre.

Même sur la grand-route, celle qui mène à Rodez, il n'y a pratiquement personne. Tout juste un camion de temps en temps. On n'est pas au fin fond de la campagne pour rien ! Enfin, je repère le panneau indicateur du Puech Bas : c'est sur la route (ou plutôt le chemin) qui y mène que la voiture de Manon a été retrouvée.

Cette fois, je ne rencontre plus aucun véhicule. Je n'entends même pas ceux qui passent sur la grand-route, derrière moi : dès les premiers mètres, le chemin du Puech Bas s'enfonce dans une forêt épaisse où les bruits ne pénètrent pas. Il y a même quelque chose d'oppressant dans le silence qui m'entoure.

La première fois que je suis venu (dire que c'était juste hier matin… j'ai pourtant l'impression que c'était dans une autre vie), quand les gendarmes étaient là, je n'ai pas remarqué à quel point cet endroit est isolé, retiré, éloigné de tout. Il faut dire qu'il y avait du monde. Beaucoup de monde. Que ça discutait et que ça s'affairait dans tous les sens. Et puis, j'étais trop préoccupé par la disparition de Manon et la présence des enquêteurs pour être vraiment attentif au décor.

C'était une erreur. Une erreur d'appréciation. Ou de jugement. Un bon journaliste d'investigation doit toujours être aux aguets. Il faut croire que je me suis trop attaché à Manon pour pouvoir enquêter sur elle efficacement.

Si on m'avait dit ça il y a six mois, je ne l'aurais sûrement pas cru. Comme quoi, même à plus de cinquante piges, on n'est pas à l'abri de tomber amoureux et de se conduire comme un ado boutonneux…

Putain, Manon, qu'est-ce que t'as fait de moi ? Et qu'est-ce que je vais devenir si je te retrouve pas ?

Un dernier virage (en descente) sur la gauche et j'arrive à l'endroit qui m'intéresse. C'est un autre virage, à droite cette fois, avec une grande esplanade à l'extérieur. Les gens du village l'appellent « l'ancienne décharge » et il suffit de jeter un regard en contrebas pour comprendre l'origine de ce nom : les pneus et autres restes de gros électroménager qui émergent du fouillis de ronces sont assez explicites.

La voiture de Manon était donc là. Garée sur l'esplanade le plus normalement du monde. Comme si elle s'était arrêtée pour jeter quelque chose dans les fourrés. Mais pourquoi serait-elle venue ici ? Que je sache, elle n'avait rien de particulier à balancer. Elle ne connaissait même pas cet endroit ! Alors, comment et pourquoi aurait-elle décidé de quitter sa route normale pour s'engager dans cette impasse ? Car le chemin de Puech Bas mène à Puech Bas et nulle part ailleurs.

Si Manon a volontairement pris cette route, c'était clairement dans l'idée de faire demi-tour à l'arrivée. Voire ici même. Intrigué, je décide d'aller voir à quoi ressemble le bout de la route. Le seul souci, c'est que je ne sais pas à quelle distance il se trouve, ce bout.

La marche pour le plaisir de la marche ne m'a jamais tenté : je ne vois pas quel plaisir on peut y prendre. Par contre, je n'ai jamais hésité à parcourir des kilomètres dans les terrains les plus invraisemblables pour trouver matière à reportage. Alors, ce n'est pas la distance qui m'inquiète, mais le temps éventuellement nécessaire pour la parcourir. Surtout que je suis parti les mains dans les poches, sans rien à boire ou à manger. Mais bon, comme on disait dans l'ancien temps : *alea jacta est.*

Intérieurement, je me mets à chantonner : « La meilleure façon d'marcher, c'est de mettre un pied d'vant l'autre ». Et pourtant, je n'ai jamais été scout…

Une grosse demi-heure plus tard, j'arrive près d'un groupe de maisons qui m'a tout l'air d'être abandonné. Tous les volets sont fermés, le portail qui clôt la cour pendouille sur le côté, maintenu par une chaîne énorme et un gros cadenas rouillé, des herbes folles ont poussé un peu partout. La propriété a peut-être été cossue, mais plus personne ne l'habite depuis longtemps. Ça sent l'héritage compliqué ou le propriétaire mort sans descendance.

Le chemin s'arrête droit devant le portail ; je suis donc bien au bout de la route. Mais le terrain, autour des bâtiments, n'est pas clôturé. Je décide donc de faire le tour du domaine pour voir si d'autres chemins (non goudronnés) en partent dans d'autres directions et pour regarder si je vois quelque chose qui puisse m'aiguiller d'une façon ou d'une autre vers quelque part.

Il doit bien y avoir un lien, aussi ténu soit-il, entre Manon et le Puech Bas.

De retour devant le portail après avoir fait le tour du propriétaire, je dois pourtant me rendre à l'évidence : je n'ai absolument aucune espèce d'idée de ce que Manon aurait bien pu vouloir foutre ici. Il n'y a aucun signe de vie nulle part. Aucune trace de passage récent. Appuyé aux massives grilles de fer forgé, j'ai beau échafauder les idées les plus farfelues, rien ne colle.

Manon aurait tout bêtement pu avoir envie de pisser. Ça expliquerait qu'elle se soit écartée de la grand-route, même si à 7 h du matin il n'y a pas foule dessus. Mais elle n'avait pas besoin d'aller si loin avec sa voiture. Sans compter qu'elle venait tout juste de quitter la maison, où les chiottes lui tendaient les bras.

En imaginant qu'elle ait eu connaissance de son existence, elle aurait pu avoir envie de voir à quoi ressemblait le Puech Bas. Mais dans ce cas, pourquoi se serait-elle arrêtée avant d'y être arrivée ?

Non, rien ne colle. Il n'y a rien de logique ou de rationnel là-dedans. La seule option valable, c'est celle d'une autre personne. Mais une autre personne qui aurait fait quoi ? Qui serait apparue comment ?

Convaincu que je ne trouverai rien de plus ici, je décide de faire demi-tour et de rentrer chez moi. C'est fou comme le trajet me paraît incroyablement plus long qu'à l'aller…

Au virage de l'ancienne décharge, je fais une nouvelle pause. Rien n'a changé depuis tout à l'heure. Rien sauf la perspective puisque j'arrive de l'autre côté. Mais ce n'est de toute façon pas de ce côté-ci que Manon est arrivée : je n'ai vu aucune trace de demi-tour en voiture au Puech Bas.

Non, Manon est arrivée dans ce virage depuis la route principale et s'est garée sur le côté sans aller plus loin.

Et qu'est-ce qui te dit que c'est bien Manon qui a amené la voiture ici ? C'est elle qui l'avait louée et c'est bien elle qui était au volant au moment de quitter la maison, mais après ? Et même au départ, vu que t'as pas bougé de ton lit, tu peux pas savoir qui a pris le volant.

Pour la première fois, je regrette vraiment de ne pas avoir pris la peine de me lever lundi matin. Ça aurait peut-être tout changé. Apporté des réponses à certaines de mes questions… Voire évité à Manon de disparaître.

Si ça se trouve, tout ça, c'est vraiment de ma faute…

En arrivant au village, je décide de passer par le terrain de quilles de huit. Les joueurs sont en plein entraînement et semblent ne pas remarquer mon arrivée, mais je sais qu'il n'en est rien. Ils m'ont même certainement vu arriver de loin. De suffisamment loin pour avoir le temps d'en parler entre eux et de décider de faire comme s'ils ne m'avaient pas vu.

J'hésite un instant avant de m'asseoir sur mon banc habituel. Celui qui était le banc de Monsieur Thomas bien avant que je ne débarque ici avec Manon et que je ne vienne rompre l'équilibre du village. Involontairement, je jette un regard sur ma droite, là où le vieil homme s'asseyait toujours. Il n'est pas près de revenir, mais je n'ai pas pu m'empêcher de lui laisser sa place.

Les coudes posés sur les genoux, je m'allume une beedie et tire la première bouffée. Elle me fait un bien fou. C'est là que je me rends compte à quel point j'ai été tendu tout le temps de ma balade.

Sur le terrain, les tirs et les exclamations se succèdent.

« Bou di ! T'es miro ou quoi ? T'as loupé toutes les quilles !

— C'est le chat ! Il m'est passé juste devant les pieds ! »

Le chat, encore lui. Je n'avais même pas remarqué qu'il était là, l'animal… D'ailleurs, qu'est-ce qu'il fout sur le terrain ? D'habitude, il reste couché près du banc… Mais d'habitude, Monsieur Thomas est là. Est-ce que ce damné matou aurait deviné qu'il est parti, sans doute pour de bon ?

En tout cas, il faut croire qu'il a un problème avec les quilles. Ou les joueurs.

C'est au tour de Célestin de prendre place dans l'espace délimité par le gabarit. La tige de fer mesure trois mètres de large et, alors que la plupart des joueurs se mettent bien au centre, Célestin se décale toujours un peu vers la gauche.

Si ça se trouve, c'est juste pour ça que c'est le meilleur joueur du bled.

Il n'y a plus un bruit sur le terrain. Célestin a beau être un peu simplet, tout le monde a beau se complaire à se moquer de lui quand il passe devant chez Gaston avec son chien, aux quilles de huit il est le meilleur et ça compte. Ça se respecte, même.

Finalement, c'est un peu comme s'il y avait deux Célestin : celui qui triomphe (et fait triompher l'équipe) sur le terrain de quilles de huit et celui qui balade son chien d'un pas traînant, casquette sur le haut du crâne et l'air balourd.

La quille, frappée par la boule, s'envole littéralement, parcourt les quinze mètres réglementaires du septième jeu de Célestin dans la partie et dégomme trois premières quilles. Un lancer net et précis, comme le gars en a l'habitude.

Dans l'aire de stationnement des joueurs, les hochements de tête appréciateurs ne manquent pas. Il y a même un ou deux sifflements d'encouragement.

Célestin s'en fiche. Il est concentré sur son jeu et quand il est concentré rien ne peut le détourner de sa tâche. D'ailleurs, son second et dernier tir à quinze mètres se solde par deux nouvelles quilles à terre. Un sourire fend son visage en deux : il est content de lui !

Et le chat, dans tout ça ? Où est-il passé ?

Un frôlement sur ma jambe gauche apporte la réponse à ma question : le chat est là, juste à côté de moi. Tranquillement, il s'installe à sa place habituelle : à quelques centimètres de là où se trouvaient, il y a encore une poignée de jours, les pieds de Monsieur Thomas. Je le regarde se lécher tranquillement la patte avant de se la passer derrière l'oreille. Qu'est-ce qui peut bien se passer dans sa tête ? Est-ce qu'il se passe seulement quelque chose ?

« Ne le prends pas pour un imbécile. Ce chat en sait plus long que toi et moi réunis ! »

La voix sérieuse de Manon résonne encore à mes oreilles. Elle était convaincue que le chat nous mènerait à l'assassin du père Pommier et d'une certaine manière elle avait raison. Me mènera-t-il maintenant au kidnappeur de Manon ?

Je refuse d'envisager l'option du meurtre. D'abord, si c'était le cas, on aurait forcément retrouvé quelque chose près de la voiture. Des traces quelconques, du sang… Le corps de Manon.

Là, on n'a rien. Mais rien de chez rien.

Fait chier, putain !

« Eh ben, le Parisien, on parle tout seul ? »

L'entraînement est fini ; les joueurs de quilles de huit quittent le terrain. La plupart d'entre eux vont se diriger vers le Café des Sports, où ils ont l'habitude de commenter leurs performances et de discuter du prochain tournoi devant l'apéro.

Celui qui m'a adressé la parole n'est pas un habitué de chez Gaston : je ne sais même pas comment il s'appelle. Juste son surnom : Tatoué. Il le doit au crocodile orné de deux G entrelacés qui orne son biceps gauche. Je meurs d'envie de l'envoyer promener, mais il n'est pas sûr que ce soit une bonne approche, aussi je me contente de le regarder deux bonnes secondes sans prononcer un mot (le temps nécessaire pour mettre mal à l'aise n'importe quel mec, tatoué ou pas) avant de hausser les épaules et de jeter négligemment :

« Ça t'arrive jamais ? »

Tatoué préfère ne pas relever : on doit voir assez nettement que je ne suis pas d'humeur à bavarder. Comme il continue son chemin, j'avise Célestin qui se dandine d'un pied sur l'autre juste à côté de mon banc. Il me regarde du coin de l'œil, discrètement. Enfin, pas si discrètement que ça puisque je m'en rends compte, mais pour lui, c'est sûrement le summum de la discrétion.

Je suis sûr qu'il a envie de parler, mais il faut que je l'aide à se jeter à l'eau.

« T'as fait des super lancers, lui dis-je en levant un pouce appréciateur.

— Tu trouves ?

— Ouais ! Trois quilles dès le premier lancer avec le quillou, à quinze mètres, c'est super.

— T'as vu ça ? »

Le large sourire qui apparaît sur son visage le fait rajeunir de cinquante ans. Célestin, c'est un enfant qui s'est perdu dans le corps d'un retraité.

Tout à coup, il se laisse tomber sur le banc à côté de moi, le plus loin possible du chat et de la place de

Monsieur Thomas. Étant donné la place qu'il y a, je suis sûr qu'il n'a pu poser qu'une fesse sur l'assise. Son bras touche le mien, mais il trouve encore le moyen de se rapprocher de mon oreille pour me poser la question qui le taraude manifestement depuis le début :

« Tu sais où elle est, ta copine ?

— Non, Célestin. J'en sais rien. Mais j'aimerais bien le savoir…

— Elle te manque ? »

La question me surprend tellement que j'en reste sans voix. Surtout que tout le visage de Célestin n'exprime qu'une seule chose : l'inquiétude. Le brave gars s'inquiète pour moi ! Jamais je n'aurais pensé que ça puisse arriver.

« Tu t'inquiètes pour moi ? dis-je incrédule.

— Ben, quand on perd quelque chose, des fois, ça manque, grommelle-t-il. Moi, si je perdais mon chien, je serais paumé. Il faudrait que j'en prenne vite un autre. »

Décidément, je vais de surprise en surprise avec lui. Il a vraiment un cerveau qui ne fonctionne pas comme celui des autres !

« Dis donc, t'es en train de me dire qu'il faut que je remplace Manon par quelqu'un d'autre ?

— Pourquoi pas ?

— C'est un peu rapide, non ? Quand on perd quelqu'un à qui on est attaché, on peut pas le remplacer aussi vite, tu crois pas ? »

Célestin me regarde comme s'il réfléchissait. J'ai la vision d'une succession de rouages qui tourneraient dans tous les sens sans arriver à obtenir le moindre résultat et à créer le moindre mouvement : c'est sûrement à ça que ressemble l'activité de ses neurones.

« T'as peut-être raison, finit-il par lâcher. J'aurais sûrement pas envie de changer de chien tout de suite. »

J'en connais une qui serait ravie de se voir comparée à un chien ! À supposer qu'elle soit encore vivante, bien sûr…

Quand j'arrive chez Gaston, suivi de Célestin qui ne m'a pas lâché depuis le terrain de quilles, tout le monde est déjà attablé avec son verre. Je vérifie rapidement, mais comme je m'y attendais, Tatoué n'est pas là. Il disparaît toujours avant. À croire qu'il a une bonne femme qui ne lui permet pas de faire un détour par le café.

« Bière ? me lance Gaston.

— Bière ! Et pour Célestin aussi. »

Gaston hésite, regarde Célestin qui se hisse sur un tabouret à ma gauche.

« Tu veux pas un pastis ?

— Non, une bière. Comme le Parisien. »

Il a dit ça en levant le menton, sur le ton d'un gamin fier comme un pape d'avoir enfin le droit de boire un verre d'alcool. Comme si la bière, c'était plus fort que le pastis… Mais en fait, ce qui le rend si fier, c'est que je lui en ai proposé une d'office. Sur le coup, je me demande bien pourquoi. Et puis, à y réfléchir de plus près, je me dis que je n'ai jamais vu personne offrir un verre à Célestin au bar. Pourtant, tout le monde le connaît ici. Et depuis toujours : il est né là ! Mais pour tout le monde, Célestin est un cas à part. On ne le traite pas vraiment comme un égal. D'ailleurs, si la Mireille était dans les parages, il y a fort à parier qu'elle serait déjà en train de se foutre de sa gueule.

Quand Gaston revient avec nos deux verres, Célestin s'empresse d'empoigner le sien pour trinquer.

« À la tienne, le Parisien !

— À la tienne, Célestin. Et aux quilles que tu fous par terre ! »

Gaston ne fait pas de commentaires, mais regarde d'un air inquiet mon voisin qui a manifestement entrepris de vider son verre cul sec.

« Eh ben, t'as une sacrée descente ! » dis-je alors que je repose mon verre après deux gorgées.

Célestin se trouble, manque de s'étouffer, mais finit son verre et prend quand même le temps d'essuyer avec sa manche la mousse qui lui a coulé sur le menton avant de se lever et de bredouiller :

« Faut que j'y aille… »

Éberlué, je le regarde sortir du bar et s'éloigner à grandes enjambées.

« Il a le feu au cul ou quoi ? Qu'est-ce qui lui prend de s'en aller si vite ? »

Gaston hausse les épaules.

« Cherche pas à comprendre. Célestin, il fonctionne pas comme tout le monde. »

Perdu dans mes pensées (pas spécialement joyeuses, il faut bien le dire) je ne remarque pas ce qui se trame dans le café derrière moi.

Les joueurs de quilles ont été rejoints par les agriculteurs du soir. Robert en tête. Ils discutent sec. Jettent de temps en temps un regard sur moi. Certains s'énervent.

« Pas question ! dit l'un.

— Moi j'en suis ! » répond l'autre.

Une accalmie, puis Robert se lève. C'est quand il s'assied sur le tabouret que Célestin a quitté un peu plus tôt que je le remarque.

« Comment ça va, le Parisien ?

— Ça va. Comme toujours.

— Tu te fais du mouron ? Pour ta femme. »

Il me regarde bien en face, l'air sérieux comme je l'ai rarement vu. Comme s'il était revenu en arrière, à l'époque où il a découvert que Josiane le trompait avec Jean-Louis.

Je lui réponds tout aussi sérieusement.

« Oui. »

Incapable d'en dire plus.

Robert hoche la tête. Se tourne une microseconde vers les autres, qui sont restés attablés à l'autre bout du café.

« On se disait, avec les autres… Enfin, certains autres… On pourrait faire une battue. Pour la chercher. Ta femme. »

Interloqué, je continue de le fixer. Comme si je n'avais rien compris à ce qu'il vient de dire.

« On est tous chasseurs, se sent-il obligé de préciser. On connaît bien les environs. Mieux que les gendarmes, en tout cas. Ça coûte rien d'essayer. »

Tout à coup, les yeux se mettent à me piquer. Comme si je m'étais pris un moucheron à grande vitesse. Je déglutis avec peine ; rien ne veut sortir de ma gorge, alors je me contente de hocher la tête en signe d'acquiescement.

La main de Robert s'abat sur mon épaule.

« Demain matin, 8 h chez toi. On sera plusieurs. On t'embarque avec nous. »

Je n'arrive même pas à le remercier.

De retour à la maison, j'allume mon ordinateur portable et m'installe avec un paquet de chips sur le canapé. Le chat, qui est apparu de nulle part au moment même où je glissais la clé dans la serrure, grimpe à côté de moi.

« Qu'est-ce qu'il y a ? Tu veux des chips ? »

À la façon dont le bout de son nez frémit, j'ai bien l'impression qu'il veut dire « oui ». Je fronce les sourcils.

« Ça bouffe pas de chips, un chat… T'es vraiment un drôle de numéro, toi ! »

Ses grands yeux ronds me fixent tout le temps que je mâche ma rondelle de pomme de terre grillée. Puis ils suivent le trajet de ma main qui plonge dans le sac plastique pour en ressortir avec une poignée de chips. Le bout de son nez se remet à frémir.

« Tu sais que t'exagères ? »

Et presque malgré moi je lui tends un petit morceau. La vitesse à laquelle il l'engloutit ne me laisse aucun doute : ce chat-là, en tout cas, aime les chips !

Mais c'est pas ça qui va t'aider à retrouver Manon.

Retour à mon ordinateur portable et à ma messagerie. J'ai beau avoir activé tous mes contacts, du plus officiel au plus farfelu, je n'ai pas récolté grand-chose comme informations. En clair, je suis au point mort. Sans aucun début d'once de commencement d'idée de ce qui a pu se passer… Sauf que le temps passe et que ça fera bientôt quatre jours que Manon a disparu.

Quatre jours, c'est beaucoup. Une petite voix, quelque part, se met à susurrer que c'est même trop pour espérer que Manon soit encore vivante, mais je fais ce qu'il faut pour la faire taire :

« Ta gueule ! »

Surpris par mon coup de colère, le chat fait un bond et me jette un regard plein de reproches avant de reprendre la position universelle de tous les chats : roulé en boule, les yeux fermés, le nez posé sur ses pattes. On pourrait voir ça comme l'image même du sang-froid ; moi, j'y vois surtout la preuve d'un je-m'en-foutisme total. Sa maîtresse a disparu et ce chat s'en moque comme de sa première petite souris !

D'ailleurs, à y réfléchir, ce chat porte sacrément la poisse. Sa première maîtresse, Clotilde Pommier, a fini pendue à une poutre. Son maître suivant, Monsieur Thomas, est en prison. Et sa dernière maîtresse, Manon, a disparu. Maintenant, c'est moi qui me le coltine.

Autant dire que c'est pas bon signe pour toi, mon vieux…

Dans mon horizon plutôt bouché, il y a quand même une minuscule éclaircie : la battue de demain. Je n'arrive toujours pas à croire que Robert m'ait proposé de partir à la recherche de Manon…

Cela dit, à bien y réfléchir, il n'y a rien d'étonnant là-dedans. Robert est l'archétype du mec sympa et serviable. Toujours prêt à filer un coup de main. Quand un collègue a un problème de tracteur, il se débrouille toujours pour le dépanner.

Mais quand même… Là, ce n'est pas tout à fait pareil : je suis le Parisien, le gars qui n'est pas d'ici.

Couché tôt pour être opérationnel à cent pour cent le lendemain matin, j'ai toutes les peines du monde à m'endormir. Dès que je ferme l'œil, je vois la voiture de Manon s'engager sur le chemin du Puech Bas et s'arrêter à l'ancienne décharge. Après, changement de perspective : je me retrouve dans la voiture, à la place du chauffeur. Quelqu'un ouvre la portière. Et dès que je me tourne pour voir de qui il s'agit, je me réveille. En sursaut.

Dix fois, vingt fois, trente fois pendant la nuit, je fais le même petit bout de rêve. Épuisé, je préfère me lever pour de bon. Avant le jour.

Inutile de dire que quand Robert et ses acolytes frappent à ma porte, je suis lessivé. D'ailleurs, ils le remarquent tout de suite.

« T'as pas l'air d'avoir bien dormi », me lance Robert en guise de bonjour.

Je n'arrive pas à retenir une grimace.

« Ça se voit tant que ça ?

— Comme le nez au milieu de la figure ! Allez viens, ajoute-t-il, le grand air va te faire du bien. »

Ils sont sept au total. Joueurs de quilles de huit ou agriculteurs ; tous chasseurs. Tous en treillis couleur camouflage. Autant dire qu'au milieu d'eux, avec mes sempiternels jean et blouson noir, je fais tache. La rançon de l'urbanité.

Répartis dans deux 4x4, nous prenons aussitôt la direction du Puech Bas. Et nous garons à l'ancienne décharge. Robert prend les choses en main.

« Bon, on sait déjà qu'il n'y a rien à trouver sur la route jusqu'au Puech Bas, donc on va quadriller la forêt. Bruno et Louison, vous allez faire le tour de la décharge et vérifier qu'on n'y a rien jeté de suspect. Jérôme, Claude et Noël, vous partez vers le nord. Richard, le Parisien et moi, on se charge du sud. Rendez-vous ici dans trois heures. »

Tout le monde opine du chef et part dans la direction indiquée.

En quelques dizaines de mètres, nous sommes déjà hors de vue de la route. Je réalise en même temps à quel point il est facile de disparaître ou de se perdre dans ce sous-bois touffu… et à quel point mes compagnons connaissent le secteur. Eux savent exactement où ils se trouvent, suivant des sentes à peine visibles marquées par le passage des animaux.

Sans eux, je serais paumé. D'ailleurs, Robert ne m'a pas laissé le choix :

« Le Parisien, tu restes avec moi. S'agit pas qu'on te perde ! »

L'idée de protester ne m'a même pas effleuré.

Tout en marchant, Richard et Robert échangent des réflexions. Sur la direction à suivre, les endroits à ne pas oublier, ceux où quelqu'un pourrait facilement se planquer…

Disons plutôt ceux où quelqu'un pourrait avoir envie de planquer un cadavre…

Mais bon, leur version des faits est plus sympa.

Le regard à l'affût moi aussi, j'observe tout ce qui passe à ma portée. Le sol légèrement moussu par endroits, les arbustes de houx couverts de leurs petits fruits rouges, les châtaigniers dont les bogues piquantes commencent à grossir… Hormis le craquement des brindilles et des feuilles sous nos pas, il n'y a pas un bruit. Juste, de temps à autre, le chant d'un oiseau.

« Tu penses à quoi, le Parisien ? demande tout à coup Robert.

— À rien.

— T'es sûr ?

— Certain.

— Eh ben continue comme ça ; ça t'évite de penser à des trucs pas cool. »

Et avant que mon inconscient ait eu le temps de mettre des images sur les fameux trucs « pas cool », il enchaîne.

« Elle était habillée comment, ta femme, lundi matin ? »

Habillée comment, Manon ? Qu'est-ce que j'en sais, moi ! J'ai à peine ouvert les yeux quand elle est partie.

Robert insiste.

« Alors ?

— Alors, je sais pas, moi… Je dormais à moitié.

— Elle portait pas un foulard, par hasard ?

— Si ! Enfin, je crois… Un bandana. Noir et blanc, il me semble. »

Robert s'est arrêté. Il me regarde avec insistance, puis tend son bras vers la droite.

« Un truc comme ça ? »

À quelques mètres, accroché dans des ronces, un bout de tissu me nargue. Un truc noir et blanc, qui ressemble furieusement aux bandanas que Manon se met dans les cheveux.

Avant que j'aie eu le temps de me jeter dessus, Robert m'arrête.

« Le touche pas ! On sait jamais, il peut y avoir des indices dessus ! »

Évidemment, il a raison. Mais putain, qu'est-ce que c'est dur… Je lève mes deux mains en secouant la tête pour le rassurer et m'approche pour observer notre trouvaille. C'est bien un bandana. Noué comme le fait Manon pour retenir ses cheveux vers l'arrière. Il a dû lui glisser de la tête d'une façon ou d'une autre. Ou alors quelqu'un le lui a enlevé. Mais dans ce cas, pourquoi le laisser traîner ici ? Non, il a dû tomber accidentellement…

Robert me laisse cogiter un moment puis se décide à intervenir.

« Alors, c'est à elle ?

— Ça m'en a tout l'air.

— Alors, on embarque. »

Il sort un sac en plastique d'une de ses poches, enfile un gant et récupère délicatement le morceau de tissu avant de héler Richard.

« On a trouvé quelque chose ! »

Requinqués par cette découverte, nous nous mettons à ausculter les environs de plus belle, mais au bout d'une heure, il faut se rendre à l'évidence : il n'y a trace de Manon nulle part ailleurs…

De retour près des voitures, nous rejoignons les autres : ils n'ont rien trouvé. Rien vu de particulier non plus. Le bandana est notre seule piste.

Sauf que là où on l'a trouvé, il ne mène nulle part…

Robert me regarde comme s'il m'avait entendu penser.

« On ne revient pas les mains vides ; c'est ça qui compte. »

Muet pendant tout le trajet de retour au village, je me laisse déposer devant chez moi comme un vieux colis encombrant.

« Je vais apporter ça à la gendarmerie, me dit encore Robert. T'inquiète pas, le Parisien ! »

Les 4x4 ont disparu depuis longtemps que je suis toujours planté sur le trottoir. Les mains dans les poches de mon jean, le dos rond, le cerveau à l'arrêt, j'attends. Quoi ? Je n'en sais rien…

Quand j'ouvre les yeux, il me faut un certain temps pour comprendre où je suis et comment j'y suis arrivé. Pourtant, il n'y a rien de plus banal : je suis juste vautré sur mon canapé, le chat roulé en boule à mes pieds.

Il faut croire qu'après avoir été déposé par Robert et les autres, j'ai fini par rentrer dans la maison et m'endormir. Le truc, c'est que je ne m'en souviens même pas…

En tout cas, entre-temps l'après-midi s'est envolée. Le début de soirée aussi : dans ma minuscule bicoque, on n'y voit presque plus rien. Un gargouillis sonore me ramène au sens des réalités : c'est mon estomac qui me rappelle que je n'ai rien avalé depuis le matin.

Encore tout engourdi, je me déplie laborieusement et me dirige vers la cuisine. La lumière crue du frigo me fait plisser les yeux lorsque j'ouvre sa porte à la recherche de quelque chose à manger. Instinctivement, je la referme.

Voilà que tu te sens agressé par l'intérieur d'un frigo ! Mon vieux Marc, t'es tombé bien bas… Allez, mon gars, un peu de cran, que diable !

D'un geste décidé, je rouvre la porte, sors du frigo une barquette de champignons de Paris et une boîte d'œufs : une petite omelette devrait suffire à faire taire mes tripes.

Mécaniquement, le cerveau toujours en court-jus, j'émince les champignons, les fais revenir à la poêle tout en battant les œufs en omelette, jette le mélange sur les lamelles dorées, place un couvercle sur l'ensemble et baisse le feu.

Perdu dans un néant de pensées moribondes, il me faut un certain temps pour réaliser qu'une odeur âcre envahit mes narines et que cette odeur est celle d'une omelette en train de brûler…

« Putain, Marc, qu'est-ce que tu fous ? »

M'entendre parler me redonne un peu de lucidité. Juste ce qu'il faut pour couper le feu, récupérer dans la poêle ce qui peut l'être et le grignoter debout contre l'évier.

M'est avis que tu ferais mieux de te recoucher…

On dit que la nuit porte conseil. Je ne sais pas si c'est vrai, mais en me réveillant le lendemain matin, je suis sûr d'une chose : je rentre à Paris.

Bon, dit comme ça, ça fait un peu définitif... Pourtant, ce n'est pas comme ça que je le vois. C'est juste que puisque je n'ai rien trouvé de transcendant ici, je me dis que ça vaut le coup de tenter ma chance là-bas. Manon devait se déplacer de l'Aveyron à Paris ; je n'ai rien trouvé à la première extrémité du trajet, voyons à l'autre.

Enfin, il y a quand même ce bandana, que Robert a dû apporter à la gendarmerie...

Comme je ne veux pas que les gens du village jasent et que je ne veux pas non plus partir comme un voleur, je décide de faire part de ma décision à tout le monde. Enfin... Juste à quelques personnes stratégiques, dont je sais avec certitude qu'elles relaieront l'information un peu partout.

Le plus efficace des relais est bien sûr Gaston. Mais il n'est pas le seul, loin de là : il y a aussi l'épicière, le facteur, mes voisins les plus proches évidemment... Célestin ! À ne pas oublier, celui-là : quand il se balade avec son chien, il s'arrête pour discuter avec tous les gens qu'il croise. Mon départ sera un sujet de conversation en or. Sur lequel on pourra greffer tous les pourquoi, les doutes et les hypothèses les plus fous.

Dans un village, on n'a souvent pas grand-chose à faire. Il n'y a pas beaucoup d'animation. Alors, il faut bien s'occuper comme on peut. Autant dire qu'on y devient vite expert en racontars, rumeurs et autres réflexions. Parler des autres ne coûte rien ! En plus, c'est sans fin, il y a toujours quelque chose à dire, à répéter, à inventer. On peut se moquer... et c'est tellement agréable ! Le seul souci, c'est qu'on est forcément « l'autre » tôt ou tard et là, en général, ça fait moins rire. Mais bon, il suffit de savoir comment les choses fonctionnent pour utiliser les savoir-faire.

C'est comme avec les *media*, en fait. Pour éviter qu'ils racontent n'importe quoi (ou qu'ils révèlent ce qu'on n'a pas envie de voir divulguer), il suffit de leur donner suffisamment d'informations pour les occuper. Celles qu'on veut, celles qui ne portent pas à conséquence… Pourquoi est-ce qu'ils se fatigueraient à chercher quelque chose à dire sur vous si vous leur mâchez le boulot et leur fournissez de quoi remplir leurs canards ? Et je sais de quoi je parle : n'oubliez pas que je suis (enfin, étais…) journaliste.

Le temps de préparer mon voyage, pour le lendemain, je passe le plus clair de ma journée à distiller la nouvelle.

Comme je disais, Gaston est le meilleur relais d'informations (la meilleure agence de presse, on pourrait dire !) de la commune. Ça mérite bien que je passe le voir en dernier, histoire d'avoir le temps de lui donner le plus de détails possible et de répondre à la plupart de ses questions. La plupart, parce qu'il y en a quand même auxquelles je n'ai pas l'intention de le faire.

« On t'a pas vu hier soir, attaque-t-il tout de suite.

— J'étais crevé, je me suis couché tôt.

— À cause de la battue ?

— Non. J'avais mal dormi la nuit d'avant. »

Gaston me regarde avaler une gorgée de bière.

« Les gars sont passés boire l'apéro après la battue. Paraît que vous avez trouvé un foulard ?

— Un bandana, ne puis-je m'empêcher de corriger.

— Un bandana, si tu veux… Mais qui appartient à ta copine.

— Je pense. Je suis pas sûr. »

Gaston me regarde encore un moment avant de changer de sujet.

« Et tu vas rester longtemps, à Paris ? »

Cette question-là, c'est celle à laquelle j'ai le moins envie de répondre. D'abord, parce que je n'en sais rien ! Dire la vérité étant parfois le plus simple et le plus efficace, c'est ce que je me décide à faire.

« Aucune idée, mon vieux… Je veux aller voir les collègues de Manon, au cas où ils aient des choses à me raconter. Je vais essayer de rencontrer le plus de gens qui la connaissent, pour voir. Alors, te dire combien de temps ça va prendre…

— Tu gardes la maison, ici ?

— Évidemment ! »

L'air quasi outré avec lequel je lui réponds a l'air de le satisfaire : je ne donne pas l'impression de fuir. Le pire, c'est que je n'ai même pas eu besoin de me forcer ! Je n'ai aucune envie de quitter définitivement le village, que ce soit pour aller à Paris ou ailleurs. J'ai pris goût à cet univers.

Putain, Marc, fais gaffe, t'es en train de devenir sentimental ! Ça doit être l'âge…

« Tu veux enquêter sur la disparition de ta copine comme vous l'avez fait tous les deux sur la mort du père Pommier ?

— Enquêter, comme t'y vas ! Je veux me renseigner de mon côté, c'est tout… »

Cette fois, je ne récolte qu'un regard suspicieux. Il faut dire que la question posée n'en était pas vraiment une. Gaston n'est pas idiot : il a bien compris qu'en fait Manon et moi n'étions pas arrivés ici par hasard et que nous avions mené un vrai boulot d'enquête. Quelque part, ça me fait plaisir. Je dirais même que ça me flatte ! En tout cas, ça prouve qu'on a fait un vrai boulot et qu'on n'est pas juste venus se mettre au vert et profiter de la campagne.

D'un autre côté, je vois bien tout ce que ce simple mot (« enquêter ») peut avoir de péjoratif et toute la méfiance qu'il peut susciter. Personne n'aime se confier à un enquêteur, ou même discuter avec lui : on ne sait jamais ce qu'il va faire des informations qu'on lui donne.

C'est pour ça que je ne relève absolument pas la fin de la phrase : « comme vous l'avez fait tous les deux sur la mort du père Pommier ». Là, le terrain est miné, c'est sûr.

« Manon bossait sur plusieurs sujets quand elle est partie d'ici. Si je peux accéder à ses notes, je trouverai peut-être quelque chose d'intéressant.

— Et tu crois que les flics l'ont pas déjà fait ?

— Les flics connaissent leur boulot, mais ils connaissent pas Manon comme moi. La différence, elle est là.

— C'est pas faux.

— Tu peux même dire que c'est vrai, ça va pas t'arracher la langue. »

Calme-toi, mon vieux ! Et tire-toi avant de devenir franchement désagréable et de foutre par terre tout ton boulot pour garder ta réputation…

En quelques longues gorgées, je finis d'avaler ma bière, puis repose le verre sur le comptoir. Un dernier « Salut tout le monde ! » lancé à la cantonade et me voilà dehors.

Debout sur le trottoir, je prends le temps de jeter un regard circulaire autour de moi et de humer l'air. Pas de vent d'autan à l'horizon. Par contre, un sale bruit : celui, caractéristique, grinçant et sifflant, d'un véhicule dont la courroie d'alternateur est à changer.

Le véhicule en question ralentit en passant à ma hauteur, ce qui me laisse tout le temps de reconnaître son chauffeur : Thierry. Un Thierry qui ne me jette pas le moindre regard. J'ai pourtant l'impression de recevoir un coup sur la tête : ce gars-là a fait de la taule, il m'a clairement menacé quand j'ai refusé de quitter le village ; est-il possible qu'il s'en soit pris à Manon ? Sûrement.

Paralysé, j'écoute le bruit qui s'éloigne… Qu'est-ce que je dois faire ? Maintenant que j'ai annoncé à tout le monde que je partais pour Paris, difficile de changer d'avis sans avoir l'air suspect…

Va pour Paris, je m'intéresserai à Thierry à mon retour.

Une vague de frissons me fait secouer les épaules : l'air s'est rafraîchi, la nuit ne va pas tarder à tomber. Les joies de l'automne… Et encore, nous n'avons pas changé d'heure ! Tout à coup, je me dis que l'hiver, ici, doit être sinistre. À Paris, au moins, on a les lumières de la ville pour se donner l'illusion du jour. Mais ici ? Ici, les nuits noires le sont vraiment. Au point que j'ai redécouvert ce que c'était qu'un ciel étoilé. Alors, l'hiver, quand il fait nuit de 17 h à 8 h, ça ne doit pas être facile de garder le moral.

Perdu dans mes pensées, je me retrouve devant chez moi sans avoir vraiment l'impression d'avoir marché. Le chat m'attend sur le rebord de la fenêtre.

Putain, le chat ! Qu'est-ce que je vais faire de lui ?

Dire que je n'ai jamais voulu avoir d'animal… Voilà que je me retrouve encombré d'un quadrupède à poils dont j'ai toutes les peines du monde à me séparer ! Qui aurait pu imaginer ça…

Indifférent à mes réflexions (encore heureux qu'il ne m'entende pas penser, le gus !) le chat s'affaire à sa toilette. Grands coups de langue sur le dos, côté droit ; grands coups de langue sur le dos, côté gauche ; nettoyage méthodique du bout des pattes… Et lorsqu'il a fini, ne voilà-t-il pas qu'il décide de venir tester le confort de mes genoux.

Comme s'il m'avait entendu penser et voulait me confirmer que décidément, non, je n'arriverai pas à me débarrasser de lui.

D'une main distraite mais bien présente, je le gratouille sous le menton. Là où il préfère. Je le sais : j'ai essayé partout ! C'est qu'on s'y attache, à ces petites bêtes, alors on passe un temps fou avec… D'ailleurs, en y réfléchissant, je n'ai aucune envie de m'en séparer. Sauf que je ne vais quand même pas le traîner à Paris ! Il faut que je trouve une cat-sitter. Quelqu'un pour garder mon chat.

Ce n'est peut-être pas compliqué pour un chat normal, dans un village quelconque. Mais pour ce chat-là, ici, je sens que ça va être une autre paire de manches… Il s'agit tout de même du chat de la femme du père Pommier.

Comme il faut bien commencer quelque part, je décide d'aller frapper à la porte de ma voisine, madame Laur. On ne s'est jamais beaucoup adressé la parole, tous les deux (ce qui est quand même un comble pour quelqu'un qui est prétendument venu ici dans le but avoué d'enquêter) mais elle est quand même venue me voir dès que je suis rentré du tribunal. Elle m'a même dit que je pouvais compter sur elle en cas de besoin…

Et puis, surtout, contrairement à des tas d'autres personnes, je ne l'ai jamais vue regarder mon chat de travers.

Putain, Marc, t'as dit « mon chat » ! T'es encore plus atteint que je pensais…

Juste avant d'appuyer sur la sonnette, je distingue du coin de l'œil un mouvement de rideau. Un sourire m'échappe : évidemment, elle m'a regardé venir jusqu'à sa porte ! Ce qui ne l'empêche pas de prendre son temps pour venir m'ouvrir. Malgré tout, je m'adresse à elle d'une voix la plus enjouée possible.

« Bonsoir, madame Laur ! Je ne vous dérange pas trop ? »

Pour être franc, je sais très bien que je ne la dérange pas : j'ai visé juste entre la fin de la vaisselle et le début du journal télévisé. Il n'y a pas meilleur moment pour passer discuter avec une personne âgée : elle a fini de manger (donc elle est disponible) et comme elle ne veut pas rater le début des infos, elle ne s'attarde pas. Après, elle est scotchée devant sa télé et n'en décolle plus que pour aller se coucher. Quant à savoir vraiment si je la dérange, on peut dire que je m'en fous un peu. Voire royalement. Mais je sais être poli quand il le faut.

« Mais non, pensez donc ! Entrez... C'est qu'il ne fait plus bien chaud, maintenant, à cette heure... »

S'effaçant devant moi, elle me désigne la pièce principale de sa maison : la traditionnelle cuisine salle à manger, puis elle referme vite la porte derrière moi et me rejoint.

« Qu'est-ce qui vous amène ?

— En fait, j'aurais un service à vous demander », dis-je d'un air embêté.

Tout de suite, je la sens sur la défensive. Il n'y a pas que moi qui suis embêté, maintenant.

« Un service ? De quel genre ? Dites toujours, mais je ne vous promets rien...

— C'est au sujet du chat. Vous savez...

— Je sais, oui. Le chat de la femme du père Pommier. Vous l'avez récupéré.

— Récupéré, récupéré... Il s'est un peu invité tout seul chez moi, vous savez !

— Oh, il a été bien aidé par votre amie. Elle le suivait partout. »

Les mains jointes sur son tablier, elle baisse tout à coup les yeux, gênée.

« J'ai su que vous aviez fait une battue hier, reprend-elle. Vous avez trouvé quelque chose ?

— Un bandana. Accroché dans les ronces. On ne sait pas encore si c'est bon signe ou pas.

— Mais... Les gendarmes savent ce qui s'est passé, quand même ? Ils savent où chercher ?

— Eh non ! C'est justement pour ça qu'on a fait une battue... et que j'aurais besoin de vous.

— Pour la retrouver ? Mais comment voulez-vous que je vous aide ?

— Non, pas pour la retrouver ! Mais il va falloir que je parte à Paris pour me renseigner auprès de son journal, chercher un peu de mon côté… Le problème, c'est que je ne sais pas du tout combien de temps ça peut durer… Et il y a le chat à la maison. Tout seul. »

Madame Laur n'est pas plus idiote qu'une autre ; elle finit par comprendre le sous-entendu. Il faut dire que je l'ai quand même vachement aidée !

« Et vous voudriez que je le nourrisse pendant votre absence ?

— C'est ça, oui. »

La vieille dame me regarde de nouveau d'un air gêné avant de se décider à reprendre la parole.

« Le nourrir, je veux bien, moi : ce pauvre chat, il n'a fait de mal à personne. Ce n'est quand même pas de sa faute si sa maîtresse s'est pendue et si son maître s'est fait assassiner… Mais hors de question qu'il entre chez moi ! Et puis… Vous avez dit que vous ne saviez pas combien de temps vous alliez rester parti… Si ça se trouve, il faudra que je lui achète des boîtes.

— Ne vous inquiétez pas : j'ai acheté tout un stock de nourriture pour chat. Il y en a au moins pour trois semaines ! D'ici là, je serai revenu, c'est sûr.

— Bon, dans ce cas… »

Trop content d'avoir trouvé ma cat-sitter dès la première demande et juste à côté de chez moi, je ne lui laisse pas le temps de changer d'avis.

« Je vous montrerai où tout ça se trouve et je vous laisserai la clé de la maison avant de partir. Comme ça, il n'y aura aucun risque que le chat entre chez vous ! Ça vous va ? »

La voisine hésite un peu, mais finit par hocher la tête.

« D'accord… Mais demain, après 10 h ! Avant, je vais faire mes courses.

— Entendu, madame Laur. À demain, alors ! »

Une fois dehors, je me frotte les mains de plaisir : voilà une bonne chose de faite. Reste le plus difficile : trouver des réponses. Et trouver Manon.

Mes bagages sont vite faits. Depuis que j'ai quitté Paris, je vis avec tellement peu de choses que je pourrais presque tout emporter, mais alors, les gens du village penseraient que j'ai raconté des conneries et que je les ai quittés définitivement. Il faut bien aussi que je laisse quelques trucs pour satisfaire la curiosité de madame Laur au cas (pas du tout improbable) où elle ait envie de jeter un œil dans mon armoire…

La clé remise à ma voisine (et les dernières recommandations concernant le chat données) je me dirige vers le Café des Sports. C'est là que j'ai demandé au taxi de venir me chercher. Comme ça, je pourrai dire au revoir à tout le monde et bien montrer au passage que je n'ai rien à cacher.

« Salut Gaston ! Un grand café, s'il te plaît !

— Du café ? Tu bois plus de bière ?

— Si, si, rassure-toi ! Mais il est un peu tôt pour une pression, non ? À cette heure-ci, je préfère le café.

— Et qu'est-ce qui t'amène si tôt chez moi ? demande-t-il tout en s'affairant autour de son percolateur.

— Je voulais pas partir sans dire au revoir. Vu que je sais pas combien de temps je vais rester à Paris… »

Une voix s'élève alors dans le bar.

« Qu'est-ce que tu vas foutre à Paris ? »

Quand je me retourne vers le gars qui m'a apostrophé, je me rends compte qu'ils sont une bonne demi-douzaine à me regarder en attendant la réponse. Il n'y a pas à dire : Manon et moi, nous avons fait causer…

« C'est de là que je viens, je te rappelle. Là qu'habitait Manon pendant la semaine. J'ai des gens à y voir.

— Habitait ? relève un autre. T'en parles déjà au passé, de ta copine, le Parisien ? »

Le ton est goguenard, limite agressif. Bien fait pour moi…

« Et tu veux que je dise quoi ? me défends-je. Je peux pas dire qu'elle y habite maintenant : son appart est vide et personne sait où elle est !

— Personne, personne… Il y a bien quelqu'un qui le sait, lance un troisième.

— Peut-être même que c'est toi », termine un quatrième.

Putain, Marc, fais quelque chose : c'est vraiment en train de partir en vrille, ton au revoir !

Sans un mot, je me lève de mon tabouret (toujours le même, le dernier, tout au bout du bar) et je m'approche du dernier gars qui a parlé. Je ne le connais pas vraiment, mais je sais qu'il est agriculteur et je me souviens de ce que Gaston m'a dit la dernière fois.

« Tu m'accuses de quelque chose ?

— Oh, moi, ce que je dis…

— Tu dis que je sais peut-être où Manon se trouve. Et comment je le saurais si je suis pas responsable de sa disparition ? Donc tu m'accuses.

— …

— La question, c'est : de quoi ? D'enlèvement ? De meurtre ?

— Ça, c'est toi qui vois. Moi, j'ai pas dit ce genre de chose. »

Visiblement mal à l'aise, le gars regarde tour à tour son verre de pastis (il y en a pour lesquels il n'est jamais trop tôt pour un petit jaune, surtout le dimanche) et ses copains attablés avec lui, qui se gardent bien d'intervenir ou même de me jeter un regard. Maintenant que j'ai repris l'avantage, je passe à l'offensive.

« Et qu'est-ce qui me dit que c'est pas toi, le responsable de sa disparition ? Semblerait que Monsieur Thomas avait pas son pareil pour comprendre les déclarations PAC et que son séjour en taule en emmerde un paquet, ici. Peut-être bien que tu fais partie de ceux-là… Peut-être bien que vous avez décidé de vous en prendre à Manon pour lui faire payer son article ! »

Le gars reste sans voix, limite hébété. Ses copains le regardent comme si ce que je viens de dire leur paraissait crédible.

« Oh, les gars, vous allez pas croire ces conneries, quand même ? »

Personne ne répond. Il y en a donc qui ont des doutes. Ou pour lesquels mon hypothèse n'est pas complètement farfelue. Il faudra creuser dans cette direction-là à mon retour. En attendant, je laisse le gars à son ébahissement et retourne m'asseoir au bar.

« Vas-y doucement, quand même, me dit Gaston en me servant mon café. Ça serait con de fêter ton départ avec une bagarre.

— Une bagarre ? Non ! On discute ! Pas vrai ? »

À la table que je viens de quitter, on se dépêche de finir son verre. Manifestement, les rats ne pensent plus qu'à une chose : quitter le navire. Le temps de siroter tranquillement mon café, je les vois tous sortir, un à un, avec juste un salut discret au maître des lieux.

Après leur départ, Gaston se tourne vers moi :

« Surtout, je t'ai rien dit !

— À quel propos ?

— De leurs problèmes pour comprendre ce que leur demande la PAC. Je voudrais pas qu'ils croient que je les accuse de quoi que ce soit… D'ailleurs, t'as bien vu toi-même hier : y'avait des agriculteurs, avec toi, pour la battue.

— T'inquiète pas, mon vieux : je serai muet comme une tombe. Enfin, si je peux me permettre l'expression ! »

Et sur ces derniers mots, que je n'espère pas trop de circonstance parce que j'aimerais bien retrouver Manon en vie, je me lève de mon tabouret : le taxi est là, devant le bar ; il est temps de partir.

« Salut, Gaston. À la prochaine !

— Salut, le Parisien. Passe le bonjour à la tour Eiffel de ma part : j'y ai bossé pendant l'été quand j'étais jeune.

— Ah ouais ? Mais tu me l'avais jamais dit !

— Qu'est-ce que tu crois ? Je te dis pas tout !

— On en parlera à mon retour ; compte sur moi pour te le rappeler. »

En trois enjambées, je suis dehors. Le chauffeur sort de son taxi pour m'ouvrir le coffre. J'y enfourne mon sac et monte à l'avant comme si c'était la norme. Le gars ne pipe pas mot : nickel. Tout en mettant ma ceinture de sécurité, je remarque le visage de Gaston, quasiment collé à la vitre de son café. La façon dont il me regarde me fait l'effet d'être assis sur une chaise électrique…

« On y va ? questionne le chauffeur.

— On y va. »

Nous avons à peine passé le panneau de sortie du village que je me mets à penser au chat. Comment va-t-il s'habituer à madame Laur ? Sera-t-il toujours là à mon retour ? Heureusement, le chauffeur interrompt le cours de mes pensées.

« Ça ne vous embête pas que je mette la radio ?

— Pas du tout ; allez-y. »

C'est l'heure des informations. Une voix féminine s'élève dans l'habitacle et commence à dérouler sa litanie de mauvaises nouvelles.

Bienvenue dans ton ancienne vie, mon vieux !

À Paris, je me fais déposer chez Manon. Ou plus exactement près de chez elle parce qu'il est complètement impossible d'accéder en voiture à son immeuble. Il a fallu qu'elle se dégote un truc complètement invraisemblable : un trois-pièces à prix cassé dans un immeuble de cinq étages perdu au fond d'une cour immense encerclée par des tours toutes plus hautes les unes que les autres.

Le propriétaire de ce vieux machin a dû vouloir faire de la résistance et refuser de vendre son truc quand les promoteurs ont pris possession du quartier. Du coup, il est bien resté debout, le truc, mais même pour déménager, on ne peut pas y accéder avec un véhicule. Autant dire qu'il faut quand même être motivé (ou vivre léger) pour accepter de s'installer là.

Bon, être fauché peut également constituer une excellente raison !

Manon est du genre à paumer ses clés partout. Mais comme elle est aussi prévoyante, elle en laisse toujours une de secours au pied de son immeuble. Planquée dans un recoin, derrière sa boîte à lettres, où même la lumière ne va jamais. Heureusement que de nos jours, les téléphones servent aussi de lampe torche…

La clé est bien là où Manon me l'avait expliqué, un soir de confidences, en Aveyron. Là où je l'ai remise la dernière (et première) fois que je suis venu. Ça me rassure. Maintenant, reste plus qu'à se coltiner les cinq étages sans ascenseur.

Dans l'escalier, je croise plusieurs habitants de l'immeuble. Personne ne me dit bonjour, personne ne me jette le moindre regard : pas de doute, je suis bien de retour à Paris. Devant la porte, je sors la clé que je viens de récupérer, la glisse dans la serrure et entre.

Ce n'est pas la première fois que je mets les pieds chez Manon, mais là ça me fait tout drôle. Déjà, sans elle, j'ai l'impression de ne pas être à ma place. Mais là, en plus, il va falloir que je fouille un peu partout. Ça s'apparente à un viol et je n'aime pas ça du tout…

Les volets sont fermés. Première étape : les ouvrir. Ensuite, faire le tour du propriétaire.

Manon habite (ou habitait, je ne sais pas vraiment comment je dois dire les choses en ce moment) un trois-pièces. Il y a la chambre (dans laquelle je ne m'éternise pas), le salon (la pièce principale, quoi) et une troisième pièce qui lui sert manifestement de bureau. C'est celle-là qui va m'intéresser le plus.

C'est la pièce la moins rangée, pour ne pas dire la plus bordélique. Pas étonnant : au journal, on reconnaissait le bureau de Manon rien qu'à la façon dont il était (ou plutôt n'était pas !) rangé… Inutile de dire que ça va être coton de fouiller là-dedans : comme on dit, même une chatte n'y retrouverait pas ses petits. C'est impressionnant de bordel. Et pourtant, je ne suis pas un excité du ménage, loin de là !

Des tas de papiers traînent un peu dans tous les coins. Plutôt étonnant pour une fille de 25 ans, mais Manon n'a jamais pu faire les choses comme tout le monde. Et puis c'est une fille ambivalente : en même temps super moderne et pourtant très attachée au passé.

Pour ne pas dire cramponnée… Je n'ai jamais compris son intérêt pour les vieilleries.

J'en suis encore à me demander par quel bout je vais commencer quand une sonnerie de téléphone retentit dans l'appartement. Un bon vieux téléphone fixe. Celui de la grand-mère. Enfin, celui de Manon, mais je sais que si elle le garde, c'est uniquement pour appeler sa grand-mère (et surtout recevoir ses appels) parce que celle-ci refuse d'utiliser les téléphones portables.

Répondre ou pas ? Je ne me pose même pas la question : je fonce vers le téléphone. Si ça se trouve, c'est Manon qui appelle. Pourquoi ferait-elle une chose pareille ? Avouez que ça n'a rien de logique, mais alors absolument rien !

Bref, je file dans le salon et décroche le combiné.

« Allô ?

— …

— Allô ? Il y a quelqu'un ? »

Une voix un brin chevrotante et particulièrement grincheuse me répond.

« Qui êtes-vous, jeune homme ?

— Comment ça, qui je suis ? C'est vous qui appelez, que je sache ! Quand on a un peu d'éducation, on se présente quand on appelle chez quelqu'un !

— Peut-être, sauf que là j'appelle chez Manon et que manifestement vous n'êtes pas ma petite-fille ! »

Bon, c'est la grand-mère. Comment faire pour lui soutirer des informations sans l'inquiéter ? Si ça se trouve, elle ne sait même pas que sa petite-fille a disparu…

« Vous savez, Manon est une grande fille. Majeure et vaccinée. Elle a le droit de ramener un homme à la maison.

— Évidemment qu'elle a le droit… Mais je sais qu'elle ne le fait jamais. Ou en tout cas que si elle le faisait, elle ne laisserait jamais cet homme-là répondre au téléphone à sa place. Alors ? Vous me répondez, ou pas ? »

Finalement, ça paraît être la meilleure option.

« Je suis un ancien collègue de Manon.

— Ancien ? Qu'est-ce que ça veut dire ? Elle a arrêté de travailler au journal ?

— Non, pas du tout. C'est moi qui ai arrêté. Je suis parti à la retraite. Enfin, en préretraite.

— Vous êtes si vieux que ça ? »

La question, provenant de la grand-mère de Manon, me fait sourire. Après tout, elle doit bien avoir au moins une vingtaine d'années de plus que moi !

« Comme vous y allez ! Cinquante-trois ans, ce n'est pas si vieux, tout de même !

— Peut-être, mais c'est bien trop vieux pour ma petite-fille. »

Et vlan, prends-toi ça dans les dents, mon gars… Sacré caractère, la grand-mère ! Je le savais : Manon m'en avait parlé, mais là, j'en ai la preuve.

« Bon, écoutez, je ne suis pas là pour faire la cour à Manon. D'ailleurs, elle n'est même pas chez elle.

— Comment ça, pas chez elle ? Mais elle est où alors ? Et comment êtes-vous entré ?

— Elle m'a dit où se trouvait sa clé de secours.

— Manon ? Elle vous a laissé sa clé ? Il se passe quelque chose de grave, alors… »

Bon, cette fois, il va falloir cracher le morceau.

« Madame, votre petite-fille a disparu.

— Disparu ? Oh, mais c'est du Manon tout craché, ça ! Il ne faut pas vous inquiéter pour elle, vous savez. Elle a l'habitude de ce genre de chose. Elle finira par réapparaître, à l'endroit et au moment où vous vous y attendez le moins.

— Je n'en suis pas si sûr, madame. Là, c'est vraiment grave. La gendarmerie enquête sur sa disparition.

— Ah oui ? On les paye vraiment à rien faire, ceux-là… »

Je hausse un peu le ton.

« Écoutez, madame, cette fois, c'est grave. Sa voiture a été retrouvée abandonnée sur une petite route, en Aveyron, et elle n'a pas mis les pieds au journal depuis le début de la semaine.

— Le début de la semaine ? Lundi, vous voulez dire ?

— Oui. Avouez que ça ne lui ressemble pas ! »

Un silence se fait à l'autre bout de la ligne.

Merde ! Faudrait pas qu'elle ait rendu l'âme au téléphone, la vieille…

J'en suis encore à me demander ce que je peux lui dire et surtout comment le lui dire quand cette fois, c'est la sonnette de la porte qui retentit. Décidément, j'ai droit à la totale…

« Écoutez, madame, je suis désolé, mais il va falloir que je raccroche : on sonne à la porte, c'est peut-être important. »

Mais avant que j'aie pu raccrocher et me retourner vers la porte d'entrée, une voix s'élève derrière moi, furieuse et inquiète.

« Qu'est-ce que c'est que cette histoire de clé de secours ? »

Une femme vient d'entrer dans l'appartement. La cinquantaine énergique, pour ne pas dire fracassante, elle a quelque chose qui me fait irrésistiblement penser à Manon, même si physiquement elle ne lui ressemble pas vraiment, avec ses cheveux courts roux carotte et ses grosses lunettes rondes. Quant à sa question, c'est peu de dire qu'elle me surprend. Comment diable cette femme qui vient tout juste d'entrer dans la pièce peut-elle avoir entendu ce que je disais au téléphone quelques minutes plus tôt ?

Sourcils froncés, je regarde le combiné que j'ai toujours en main comme s'il s'agissait d'un être étrange venu d'ailleurs. Des images de films d'espionnage me reviennent en mémoire. On m'a piégé dans un James Bond ou quoi ? Il faut dire que malgré ses cinquante et quelques printemps, la furie qui me fait face pourrait aisément tenir le rôle d'une James Bond girl : elle est sacrément bien foutue !

« Qui parle de clé de secours ? dis-je, méfiant.

— Mais vous ! Vous venez d'en parler à ma mère !

— Votre mère ?

— Oui ! La grand-mère de Manon, celle que vous avez au bout du fil en ce moment !

— Ah, fais-je étonné, parce que vous êtes la mère de Manon ? Enchanté ! Je m'appelle Marc Li…

— Je me fiche de savoir comment vous vous appelez. Je veux savoir ce qui se passe avec ma fille ! »

Le téléphone toujours en main, je ne sais même plus où et à qui je dois parler : dans le combiné à la grand-mère ou de vive voix à la mère ? Celle-ci a l'air de comprendre mon dilemme.

« Gardez le téléphone en main et mettez le haut-parleur ; comme ça, nous pourrons discuter à trois.

— Comme vous voulez, dis-je en appuyant sur le bouton chorus du téléphone, mais ça ne me dit pas comment vous avez pu entendre le début de la conversation.

— C'est simple, j'étais chez ma mère.

— Mais il n'y a pas deux minutes qu'elle a appelé !

— Et alors ? Vous croyez qu'il me faut plus de deux minutes pour monter cinq étages ? Je ne suis pas si décatie, mon vieux ! »

Monter cinq étages ? Bon sang, la grand-mère de Manon habite dans le même immeuble qu'elle ! Et elle a besoin du téléphone pour l'appeler ? Bon, c'est vrai que cinq étages sans ascenseur, il faut se les farcir... mais tout de même !

Devant moi, la furie a croisé ses bras et froncé les sourcils. Elle a l'air en colère (et passablement énervée !), mais ce que je remarque surtout, c'est la façon dont ses bras croisés en dessous de la poitrine mettent ses seins en valeur. Quelle taille, voyons... 95C, 95D, quelque chose dans le genre. Vraiment bien foutue, la mère de la petite Manon !

« Vous avez fini de me mater les miches ? »

Et observatrice, en plus...

« C'est drôle, vous ne ressemblez pas à Manon, mais en même temps, vous êtes son portrait tout craché !

— Je sais, on dit souvent qu'on est des clones... Mais ça ne répond pas du tout à ma question d'origine. Et surtout, qu'est-ce que vous foutez ici ?

— Et si on s'asseyait pour en parler ? »

Le nouveau regard assassin qu'elle me lance me laissant manifestement de marbre, la mère de Manon préfère baisser temporairement la garde.

« OK, mais je compte sur vous pour tout me dire. Je suis sa mère, quand même !

— Et moi sa grand-mère, complète la voix dans le téléphone. Alors, dites-nous pourquoi les gendarmes sont à sa recherche ! »

À ces mots, la mère de Manon bondit sur ses pieds et raccroche le téléphone. Bouche bée, je la regarde faire. Qu'est-ce qui lui prend ?

« Qu'est-ce que vous avez raconté à ma mère pendant que je montais ?

— Je lui ai dit que Manon avait disparu, qu'on avait retrouvé sa voiture abandonnée en Aveyron et que les gendarmes étaient à sa recherche.

— Mais vous êtes malade ! Il fallait pas lui dire !

— Et pourquoi donc ? C'est sa petite-fille !

— Justement. À son âge, il faut la ménager !

— Elle ne m'a pas donné l'impression d'être si fragile que ça, ne puis-je m'empêcher d'argumenter.

— Il ne faut pas se fier aux apparences. Nina est plus impressionnable qu'elle ne veut bien le montrer…

— Mais au fait… »

Interrompu par la sonnerie du téléphone, j'hésite à poursuivre quand la mère de Manon pointe sur moi un doigt autoritaire.

« Laissez-moi faire ! » lance-t-elle en s'emparant du combiné.

La grand-mère de Manon (Nina, de son prénom, si j'ai bien compris) est manifestement hors d'elle : je n'ai pas besoin du haut-parleur pour l'entendre s'énerver :

« Comment avez-vous osé me raccrocher au nez ? »

Sa fille ne se laisse pas impressionner et se contente de tenir le combiné à bonne distance de son oreille.

« Calme-toi, Maman, c'est moi qui l'ai fait. J'avais deux mots à dire à ce monsieur. Et maintenant, tu vas m'écouter. »

Je découvre alors, en même temps que Nina, la version des faits de la mère de Manon. Car celle-ci a été prévenue par les gendarmes de la disparition de sa fille.

Évidemment ! Pourquoi n'y as-tu pas pensé plus tôt ?

« Je ne t'ai rien dit parce que je ne voulais pas t'inquiéter, dit-elle. Je pensais que Manon finirait par réapparaître, comme d'habitude. Mais il semble que ce ne soit pas le cas. N'est-ce pas ? conclut-elle en mettant le haut-parleur et en se tournant vers moi.

— En effet, j'ai bien peur que Manon ait réellement disparu.

— Qu'est-ce que vous savez, jeune homme ? » demande alors la grand-mère.

Rose-Marie (qui a finalement accepté de me dévoiler son prénom) et moi sommes assis face à face dans le salon. Je viens de raconter toute l'histoire (jusqu'au bandana retrouvé dans la forêt) et nous nous regardons sans rien dire. Le combiné de téléphone, posé sur la table basse entre nous deux, est muet lui aussi. La mère et la grand-mère de Manon se taisant en même temps, quelque chose me dit que ça ne doit pas arriver souvent.

C'est la grand-mère qui reprend ses esprits la première.

« Alors, vous êtes sûr qu'elle n'a pas disparu de son plein gré ?

— Ça a l'air évident, non ? Manon n'aurait jamais laissé toutes ses affaires derrière elle. Ses vêtements, passe encore. Mais son ordinateur ? Son téléphone portable ? Vous la voyez, sans son téléphone portable ? »

Devant moi, Rose-Marie secoue la tête.

« Non, c'est vrai : pour Manon, se séparer de son téléphone, ce serait comme se couper un bras. Elle ne l'aurait jamais laissé. »

Petit à petit, je la vois se décomposer. Se tasser sur son fauteuil. La quinquagénaire flamboyante de son entrée dans l'appartement a fait place à une femme écrasée par l'inquiétude.

« Mais qu'est-ce qui a bien pu se passer ? Qui pouvait bien lui en vouloir ?

— C'est ce que je voudrais trouver, dis-je. C'est pour ça que je suis ici : je me suis dit que je trouverais peut-être quelque chose dans ses dossiers. »

La mère de Manon fait un geste d'impuissance en montrant la porte de la pièce que j'ai identifiée comme étant un bureau.

« Eh bien, si vous arrivez à trouver quelque chose dans ce bazar... Je vous souhaite bon courage !

Personnellement, je n'aurais pas l'énergie nécessaire pour me lancer là-dedans.

— Il faut bien commencer quelque part…

— Sûrement, oui, mais là, franchement, vous ne commencez pas par le plus facile ! »

Comme je ne suis pas loin de penser comme elle (et aussi parce qu'elle est là, en face de moi, et que ce serait idiot de ne pas en profiter) je préfère finalement commencer par lui poser des questions.

« Quand est-ce que vous avez vu Manon pour la dernière fois ? »

Sourcils froncés, mon interlocutrice me lance un regard carrément suspicieux.

« Vous êtes de la police ?

— Mais non, voyons ! Je vous ai dit que j'étais un ancien collègue de Manon. Enfin, je l'ai dit à votre mère, tout à l'heure, au téléphone. Vous avez sûrement entendu !

— Un ancien collègue ? répète-t-elle, les sourcils toujours froncés. Vous vous appelez comment ?

— Marc. Marc Linard. »

D'un coup, son visage se détend. Un grand soupir de soulagement emplit la pièce.

« Ah, c'est vous ! Mais pourquoi ne l'avez-vous pas dit plus tôt ?

— J'ai essayé, mais vous ne m'avez pas laissé parler. Vous m'avez dit, je cite : "Je me fiche de savoir comment vous vous appelez" !

— Oui, je sais, ça m'arrive d'être un peu brusque… Mais il fallait insister ! Manon nous a beaucoup parlé de vous, vous savez.

— Ah, fais-je, méfiant à mon tour. Et qu'est-ce qu'elle vous a dit de beau ?

— Tout ! »

Pourquoi est-ce que je n'aime pas du tout cette réponse ?

« Comment ça, tout ?

— Votre enquête, votre installation là-bas, en Aveyron… Comment vous avez compris, à vous deux, et résolu une affaire sur laquelle la police s'était cassé les dents il y a dix ans. Elle était très fière de votre collaboration ! »

C'est à mon tour de pousser un long soupir de soulagement. Manon n'a manifestement pas parlé à sa mère de notre relation. Enfin, si on peut parler de relation… Il y a eu des relations, oui. Sexuelles. Mais de vraie relation, pas vraiment. Enfin, je ne sais pas. Je ne sais plus. Peut-être. Sûrement, même, sinon je ne serais pas aussi préoccupé.

L'inquiétude manifeste de Rose-Marie, penchée vers moi, me ramène à la réalité présente.

« Ça va ? Marc, vous vous sentez bien ?

— Oui, oui, ça va, ne vous inquiétez pas… J'essayais de réfléchir. Mais vous n'avez pas répondu à ma question, tout à l'heure.

— Quelle question ?

— Quand est-ce que vous avez vu Manon pour la dernière fois ? »

Du combiné de téléphone, que j'avais complètement oublié, la voix chevrotante de la grand-mère s'élève.

« Elle est passée me voir juste avant de vous rejoindre, il y a environ deux semaines.

— Et elle vous a dit quelque chose de particulier ? Vous avez remarqué quelque chose de bizarre ? »

Pas de réponse. Le silence s'éternise tellement que Rose-Marie s'impatiente.

« Maman ? Tu es toujours là ? Tu as entendu la question ?

— Évidemment que j'ai entendu la question ! Je ne suis pas comme tous ces vieux qui sont sourds, j'entends très bien… Mais j'ai le droit de réfléchir avant de répondre, non ?

— Ne t'énerve pas, voyons. Je m'inquiétais, c'est tout…

— Ça ne m'étonne pas : tu t'inquiètes toujours pour des broutilles ! Je suis peut-être vieille, mais je ne suis ni sénile, ni en sucre.

— Et… Pour ma question ? me permets-je d'intervenir. Vous avez remarqué quelque chose de particulier ?

— Non, jeune homme. J'ai beau chercher, je ne vois pas… Elle est passée en coup de vent, comme d'habitude. Même pas le temps d'entendre la sonnette qu'elle était déjà dans le salon. Elle m'a embrassée, m'a dit qu'elle partait en Aveyron, que je ne devais pas m'inquiéter, que son article allait paraître et qu'elle voulait être là-bas à ce moment-là pour voir les réactions des gens et pour fêter ça avec vous. C'est tout. Deux minutes plus tard, elle était repartie. Comme toujours, quoi.

— Et vous ? dis-je en regardant Rose-Marie. Elle vous a dit quelque chose ? Parlé d'un autre article sur lequel elle serait en train de travailler ? »

La mère de Manon secoue la tête en se frottant le menton, ce qui semble être le signe, chez elle, d'une réflexion intense. Quand ses mouvements s'arrêtent, en même temps qu'elle fronce les sourcils, je me dis qu'elle a trouvé quelque chose. Je l'encourage.

« Oui ?

— Non, rien. Je n'étais pas là quand Manon est partie, il y a deux semaines. Alors ça fait au moins trois ou quatre semaines que je ne l'ai pas vue. Par contre, elle m'a téléphoné. Il y a environ trois semaines, je dirais. Elle venait de rentrer d'Aveyron, justement, et elle était manifestement un peu nostalgique à l'idée de quitter ce village où vous vous étiez installés… À moins que ce ne soit de vous quitter, vous ! »

Quitter. Le mot me fait l'effet d'un coup de poing dans l'estomac. Pourtant, c'est sur un autre mot que je choisis de réagir.

« Moi ? Quelle drôle d'idée ! Pourquoi donc ?

— Je ne sais pas. Une intuition, comme ça… Quand elle parlait de vous, il y avait quelque chose dans sa voix. Quelque chose que je n'avais jamais entendu avant. Comme si elle était amoureuse. »

Je lève les yeux au ciel et me fends même d'un éclat de rire.

« Manon ? Amoureuse de moi ? Vous m'avez vu ? Je pourrais être son père !

— Oui, c'est vrai, c'est idiot… »

Et le ton d'évidence sur lequel ces mots sont prononcés arrête tout net mes velléités de ricanement.

Elle exagère, quand même… Après tout, qu'est-ce qui empêcherait Manon d'être amoureuse de moi ?

Mais bon, ce n'est pas le sujet. Enfin, pas tout à fait.

« En même temps, continue Rose-Marie, rêveuse, elle était fière du résultat de votre collaboration. Elle ne parlait que de ça, d'ailleurs ! Depuis des mois.

— Aucun autre sujet de reportage ne semblait l'occuper ?

— Aucun. Mais vous savez, elle ne m'a jamais tout dit de son travail. Vous devriez aller à son journal. Vous savez où c'est ? »

Tu parles ! J'y ai bossé pendant trente ans.

« Oui, je sais. J'y ai travaillé aussi, je vous rappelle.

— Ah oui, c'est vrai. Excusez-moi, je crois que cette histoire m'a un peu remuée…

— On le serait à moins, dis-je, compréhensif. C'est quand même de la disparition de votre fille qu'il s'agit… »

Laissant finalement Rose-Marie en grande discussion avec sa mère au téléphone, je m'éclipse et pénètre dans l'antre de Manon. Peut-on vraiment appeler cette pièce un bureau ? En toute franchise, non. Mais à défaut d'autre appellation, il faut bien faire avec.

En y regardant de plus près, il semble bien quand même qu'il y ait un semblant de tri et d'ordre dans tout le micmac qui m'entoure. Des dossiers de différentes couleurs sont dispersés au petit bonheur la chance, comme pour faire joli ou constituer un arc-en-ciel. N'empêche qu'il y a des couleurs différentes. Et que chacune d'elles semble avoir sa signification propre : jaune pour les sujets politiques, vert pour l'environnement… Rouge pour les dossiers Aveyron, Pommier, Thomas.

Logique. Un mec égorgé, ça laisse derrière soi une sacrée flaque de sang. Manon a toujours aimé le simple et efficace. Rouge pour des dossiers en rapport avec un meurtre, c'est mieux que simple : c'est lumineusement évident.

Reste plus qu'à voir le contenu de ces dossiers. Et vérifier qu'il n'y a rien de surprenant ou d'inattendu dedans. Étant donné que j'ai été en première ligne depuis le début, je ne devrais rien découvrir de nouveau.

Par contre, je suis parti pour une sacrée séance de lecture. J'espère qu'il y a du café dans les placards de la cuisine…

Penché sur les piles de papier, j'ai quasiment oublié que je n'étais pas seul dans l'appartement. Quasiment, pour ne pas dire franchement ! Quand la mère de Manon se pointe et m'interpelle, je manque de tout foutre par terre.

« Putain, prévenez quand vous arrivez ! J'ai failli tout tomber !

— Tout faire tomber, me corrige-t-elle.

— Quoi ?

— Vous avez dit tout tomber. Ce n'est pas correct ; il faut dire tout faire tomber. »

Purée, Marc, tu te rends compte ? T'es en train de prendre les tics de langage des gens du village !

Elle a raison, évidemment. Mais là-bas, chez moi, en Aveyron, le faire passe à l'as : on « tombe » les choses, on ne les fait pas tomber. Mon premier réflexe est de l'expliquer à la mère de Manon, mais j'ai comme l'impression qu'elle s'en fout. Et même qu'elle ne me croirait pas… Autant faire comme si de rien n'était.

« Vous vouliez quelque chose ?

— Juste vous prévenir que j'allais retourner chez ma mère, au rez-de-chaussée. Si vous avez besoin de quoi que ce soit…

— De temps, je crois, dis-je en montrant la hauteur des piles de dossiers qui m'entourent. Vous avez ça en réserve ?

—Je préfère vous laisser faire... Bon courage, Marc ! »

Quelque chose me dit que je vais en effet en avoir besoin...

Rose-Marie n'a pas quitté l'appartement depuis plus de dix minutes que le téléphone se remet à sonner. Persuadé que c'est elle ou la grand-mère qui rappelle, je réponds laconiquement.

« Allô, oui ?

— …

— Allô ? Il y a quelqu'un ?

— Marc ? C'est toi ? »

La voix familière de mon ancien rédacteur en chef résonne dans mon oreille.

« Qu'est-ce que tu fous chez Manon ?

— J'enquête. J'essaie de trouver quelque chose qui m'aiderait à comprendre ce qui s'est passé.

— T'as pas l'impression que c'est plutôt là-bas, dans votre trou paumé, qu'il faut chercher ?

— Trou paumé, trou paumé… Je te permets pas ! On dirait que tu parles du trou du cul du monde !

— Ben, justement… C'est ça, non ? En tout cas, je vois pas ce que tu pourrais trouver d'intéressant dans son appart.

— Elle bossait sur quoi, en ce moment ?

— Parce que tu crois que je le sais ? C'est pas pour rien qu'elle s'est mise à la colle avec toi : vous avez les mêmes façons de bosser, sans rien dire à personne… et surtout pas à votre patron ! »

Décidément, tout le monde croit que Manon et moi, c'est du sérieux. C'est vrai qu'on a tout fait pour. Mais ça me dérange. Ou plutôt, ce qui m'emmerde, c'est d'avoir donné raison à tous ceux qui pensaient qu'on finirait tous les deux dans le même lit. Comme si c'était couru d'avance. Comme si c'était ce que j'avais derrière la tête depuis le début. Pourtant, quand ça m'est tombé dessus, cette histoire, ça m'a fait tout drôle.

Je vois encore la gueule du chat, avec son espèce de sourire à La Joconde, quand je me suis retrouvé sur Manon dans notre canapé… Content de lui. Comme s'il avait tout manigancé et que c'était ce qu'il attendait.

J'ai jamais cru aux histoires de karma ou de destin ; ça me fait chier de me retrouver là où tout le monde me voyait aller… Tout le monde, sauf moi.

La voix de mon ancien boss me ramène au présent.

« Pourquoi t'es pas resté en Aveyron ? À mon avis, c'est là-bas que tu vas trouver des réponses.

— Je suis allé faire un tour à l'endroit où sa voiture a été retrouvée. J'ai rien remarqué de bizarre. Les flics non plus. J'ai même fait une battue avec des gens de là-bas, dans la forêt, mais ça n'a rien donné non plus. Du coup, je me suis dit qu'il fallait tenter le coup à l'autre bout.

— Comment ça, l'autre bout ?

— Manon était censée rentrer à Paris quand elle est partie, la semaine dernière. C'est entre le départ et l'arrivée qu'elle a disparu. Puisque j'ai rien trouvé de bizarre du côté du départ, je suis venu fouiller du côté de l'arrivée.

— Ça se défend, comme stratégie…

— Je te remercie !

— Sauf qu'elle a quand même disparu très près du départ, pour ne pas dire dès le départ. Non, mon vieux, crois-moi, tu te fous le doigt dans l'œil en pensant trouver quelque chose ici. »

Bon, j'ai au moins trouvé la mère et la grand-mère de Manon… Et puisque j'ai mon ancien boss au téléphone, j'en profite pour me renseigner du côté de son boulot.

« Et au journal, elle a laissé quelque chose ? Elle avait un truc en cours avec quelqu'un ?

— Aucune idée. Viens, si tu veux. Tu pourras regarder dans son bureau et discuter avec les autres.

— Maintenant ?

— Maintenant ? Et puis quoi, encore ! Tu sais quel jour on est ? Dimanche ! Alors, je sais qu'on bosse n'importe quand, au journal, mais faut pas exagérer, quand même. Tu passeras demain matin.

— OK. À demain matin, alors ! »

Je sais d'expérience que le gars n'est pas toujours dans d'aussi bonnes dispositions, loin de là. Alors, il ne faut pas rater l'occasion. S'il dit demain matin, demain à la première heure il faut que je sois au journal. En attendant, retour aux dossiers papier.

La nuit est maintenant complètement tombée. J'allume toutes les lampes disponibles dans le bureau, vais me chercher une canette de Coca-Cola et un bout de fromage dans le frigo (c'est tout ce qu'il contient, mais après tout c'est tout ce dont j'ai besoin pour tenir le coup jusqu'au petit matin) et m'installe pour bosser.

Le seul siège disponible dans la pièce est un tabouret. Manon n'y mettait vraiment les pieds que pour bosser.

Bon sang, Marc, tu parles encore d'elle au passé… Arrête, avec cette manie !

Le premier dossier que j'épluche concerne le père Pommier. Et je me rends compte que je suis loin de connaître toutes les informations qu'il contient. Manon a vraiment récupéré tout son pedigree, depuis l'école primaire jusqu'à son retour au pays, en passant par toute sa période parisienne.

Le dossier fourmille de photos. À croire qu'elle est allée pirater des albums de famille ! On y voit le père Pommier en culottes courtes et blouse bleu marine, version certificat d'études primaires. Le père Pommier en uniforme, pendant son service militaire. Le père Pommier debout, les bras croisés, fier comme Artaban, devant sa brasserie parisienne. Le père Pommier derrière un bar, en train de verser une pression. Le père Pommier en salle, trois assiettes garnies sur le bras gauche et une autre dans la main droite.

Bref, c'est le père Pommier superstar.

Un vrai boulot de journaliste d'investigation à l'ancienne. Comme j'ai pu en faire dans le passé. Un super boulot.

Manon, ma grande, je suis fier de toi. T'es vraiment la meilleure !

Mais comme on dit : ce sont toujours les meilleurs qui partent les premiers…

Allez, mon vieux, haut les cœurs : rien ne dit encore que Manon ne soit pas en vie quelque part…

Ouais, mais rien ne dit le contraire non plus !

La suite du parcours du père Pommier, à partir de son retour au village, m'est plus familière. Son rôle dans l'équipe de quilles de huit, la façon dont ses relations avec sa femme se sont dégradées… Tout ça, c'est du déjà vu. Pour ne pas dire du réchauffé. Rien n'attire mon attention. Rien n'est suspect, ou étonnant, ou déroutant.

Rien ne peut justifier une disparition.

Dossier suivant : Clotilde Pommier, femme du précédent, née Thomas.

Encore une fois, je suis impressionné par la quantité d'informations récoltée par Manon. Je savais qu'elle enquêtait de son côté et qu'elle ne comptait pas exclusivement sur ce que je pouvais glaner sur place, mais même si elle partageait volontiers ses découvertes avec moi, je me rends compte qu'elle ne me disait que le plus important. Le plus utile, en tout cas.

Pendant tout ce temps, alors que je descendais des litres et des litres de bière accoudé au bar de chez Gaston ou que je regardais les joueurs de quilles s'entraîner, elle bossait comme une folle.

À se demander si au lieu d'être journaliste elle ne faisait pas plutôt partie des services secrets !

Dans la chemise que je décortique, les liens de parenté de Clotilde Pommier et de Monsieur Thomas (Augustin, de son prénom) ne sont pas évoqués. Il y en a donc forcément une autre. Au moins ! Mais où ?

En attendant de la trouver, je me lance dans d'autres lectures : de vieux dossiers de presse concernant « l'affaire Pommier ». Il y a là tout un tas de vieilles coupures. Sans doute toutes celles qui ont paru à l'époque de l'enquête.

Je prends surtout le temps de détailler toutes les photos qui ont été prises sur place. J'y reconnais Gaston, derrière son bar. Quelques joueurs de l'équipe de quilles : Célestin (à moitié caché derrière un type immense qui ne me dit rien), un autre (que je reconnais surtout au chapeau de paille qu'il ne quitte pratiquement jamais), mais aussi Tatoué, avec sa grosse moustache.

Là non plus, je ne trouve rien de suspect. Rien n'attire mon attention.

Il faut dire que la nuit est déjà bien entamée…

Assis sur le tabouret, je commence à m'ankyloser sérieusement. Un dossier sous le bras, je me translate vers le salon et m'installe dans un fauteuil, où je ne tarde pas à tomber dans le sommeil. Voilà ce que c'est que de travailler dans des conditions trop confortables…

Quand je me réveille, ma montre indique 7 h. Si je veux être au journal à l'ouverture, il ne faut pas tarder. Ça tombe bien : je me suis endormi tout habillé ; je n'ai donc rien à faire avant de pouvoir me précipiter dehors !

Sans prendre le temps de me faire couler un café (qui me ferait pourtant le plus grand bien), je referme le dernier dossier dans lequel je m'étais plongé avant de m'endormir, enfile le blouson de cuir qui me suit partout depuis une bonne dizaine d'années et sans lequel je ne me vois absolument pas entrer dans les bureaux de la rédaction (c'est bien simple : il fait tellement partie de moi que j'ai l'impression que sans lui les autres ne me reconnaîtraient même pas) et me dirige vers la porte de l'appartement.

Sur le bar qui sépare le coin cuisine du reste du salon, je remarque alors un post-it jaune. Il n'était pas là quand je suis entré, j'en mettrais ma main à couper.

Qu'est-ce que c'est que ce bordel ?

Je récupère l'engin. Dessus, il n'y a qu'un mot et une succession de chiffres : le prénom et le numéro de téléphone portable de Rose-Marie. Elle n'a pas perdu de temps, la tigresse !

Du calme, Charles ; c'est pas forcément pour te draguer qu'elle t'a laissé son numéro de téléphone… Ça peut être tout bêtement parce qu'elle s'inquiète pour sa fille et qu'elle veut que tu la tiennes au courant.

J'hésite une seconde à empocher le bout de papier, mais (au cas où) je ne veux pas non plus donner l'impression de mordre trop facilement à l'hameçon. J'ai ma fierté, quand même ! À moins que ce ne soit un vague sentiment de culpabilité envers Manon qui me fasse sentir mal à l'aise… Bref, je décide plutôt d'entrer les données dans mon téléphone et de laisser le post-it en place, bien en vue sur le bar. Comme si je ne l'avais pas remarqué. Ou comme si je m'en fichais royalement.

Un tour de clé dans la serrure et me voilà dans l'escalier. En arrivant au rez-de-chaussée, je ne peux pas m'empêcher de tendre l'oreille. Où habite la grand-mère ? Chacune des deux portes qui se présentent à moi s'orne d'un nom de femme. Madame Serrier et madame Wroom. Ne connaissant pas le nom de jeune fille de la mère de Manon, je n'ai aucun moyen de savoir laquelle de ces deux personnes est sa mère à elle.

Tant pis, je verrai ça plus tard.

La cour qui sépare l'immeuble de Manon de l'accès à la rue est déserte. J'aime autant : je n'ai pas spécialement envie d'être vu ici. Pour autant, je ne me dépêche pas plus que ça pour la traverser. Les Parisiens sont des gens pressés, d'accord ; n'empêche qu'un mec qui court, ça attire toujours plus l'attention qu'un autre qui marche normalement.

Arrivé sur le trottoir, je jette un œil autour de moi. Le quartier ne m'est pas spécialement inconnu, mais je n'ai quand même pas son plan imprimé dans le cerveau, alors pour ce qui est de trouver la station de métro la plus proche, ça risque de ne pas le faire. Heureusement, à Paris, tout le monde sait où se trouve la bouche de métro la plus proche de son boulot. Il me suffit d'entrer dans le premier commerce venu pour trouver l'information que je cherche.

« Prenez à gauche en sortant. Continuez tout droit jusqu'au feu. Le métro est là, sur la droite, à cinquante mètres du carrefour. »

Facile.

En plus, le métro est tellement indispensable pour se déplacer dans Paris et les gens tellement fainéants de leurs pieds qu'ils savent parfaitement quel itinéraire il faut suivre, au mètre près. S'ils vous disent cinquante mètres, c'est cinquante mètres. Pas cent. Ni même soixante-dix.

Le temps de cette réflexion profonde, me voilà déjà en haut des marches qui conduisent aux tunnels en sous-sol.

Le bruit, l'odeur, la lumière artificielle, le mouvement de dizaines de paires de jambes qui se meuvent dans tous les sens, comme manipulées par un marionnettiste géant… J'avais oublié toutes ces sensations. Pour un peu, je serais pris d'un accès de claustrophobie. Dire qu'à une époque, pas si lointaine, je ne jurais que par la vie parisienne…

Qu'est-ce que t'as fait de moi, Manon ? Voilà que l'idée de prendre le métro me rendrait presque malade… Un comble pour un mec que tout le monde appelle le Parisien depuis près d'un an !

Comme si le métro lui-même sentait que je ne suis plus vraiment d'ici, mon ticket refuse d'abord d'entrer dans la machine. Il faut que je m'y reprenne à plusieurs fois (et que je subisse les coups de coude dans les côtes d'une vieille dame pressée) pour que la barrière du tourniquet daigne enfin s'abaisser pour me laisser le passage.

J'enfourne mon ticket dans la poche intérieure de mon blouson et me dirige vers le quai. Sans me presser. Presque à reculons.

Putain, Marc, t'es un grand garçon. Tu vas quand même pas me dire que t'as peur du métro !

Accroché à une poignée près de la porte, je scrute attentivement les noms des stations. Jusqu'à ce que je puisse enfin gicler hors du serpent de métal qui tout à coup me fait horreur pour me précipiter vers la surface.

À une poignée de mètres de l'entrée du journal, je suis arrêté net par quelqu'un qui m'attrape le bras.

« Marc ? C'est bien toi ? Qu'est-ce que tu fous là ? »

La mèche qui retombe sans arrêt sur ses yeux, les lunettes qui lui glissent du nez chaque seconde au point qu'il passe son temps à les remonter de sa main gauche, Lucas, mon voisin de bureau pendant mes dix dernières années au journal, me fait face avec ses grands yeux ahuris de myope puissance dix.

« Eh oui, c'est bien moi. Même toi tu peux me reconnaître !

— Dis donc, ça fait un bail…

— Un an, environ.

— Tu passes nous dire bonjour ? T'as la nostalgie du boulot ? »

Le pire, c'est qu'il a l'air de parler sérieusement… Sacré Lucas ! Qu'est-ce que j'ai pu me foutre de sa gueule pendant ces dix ans… Je n'avais jamais rencontré un journaliste aussi naïf. Il gobait tout ce qu'on lui racontait. Inutile de dire que ça a valu de sacrées crises de fou rire au reste de la rédaction ! Mais mon séjour en Aveyron et l'habitude de côtoyer Célestin m'ont appris à réagir différemment. Aussi, je me contente de répondre à la question. Sans me moquer.

C'est dire comme t'as changé, mon vieux !

« La nostalgie ? Pas vraiment, non. Mais fallait que je passe.

— Pourquoi ? »

Tout en expliquant à Lucas ce qui est arrivé à Manon, je me dirige vers l'entrée de l'immeuble. Nous traversons le hall ensemble, entrons dans l'ascenseur. J'appuie sur le bouton du sixième étage et c'est alors que je remarque la bouche entrouverte et les yeux exorbités de mon ancien collègue.

« Manon a disparu ? »

Sa voix n'est qu'un murmure. On dirait qu'il a été frappé par la foudre. Pour un peu, je m'attendrais à ce qu'il tombe raide, par terre, devant moi. J'essaie de ne pas dramatiser la situation.

« Eh oui… Ça fait déjà une semaine. Et personne ne sait ce qui lui est arrivé.

— Mais c'est grave ! Il faut prévenir la police !

— C'est déjà fait, vieux. Une enquête est en cours. »

Je lui fais un clin d'œil appuyé.

« Mais tu me connais : j'aime bien me faire ma propre idée ! »

À l'ouverture des portes de l'ascenseur, je pousse Lucas devant moi : je n'ai aucune envie qu'il se trouve mal au fond de la cabine ! Et je fais ce qu'il faut pour que son cerveau se reconnecte normalement : je lui pose une question. Suffisamment simple pour qu'il puisse répondre sans réfléchir : il n'est de toute façon plus en état de le faire.

« Le bureau de Manon est toujours à la même place ?

— Oui. Au bout du couloir, près de la fenêtre. »

Le laissant planté là, au milieu du hall d'accès à la rédaction, je me dirige d'un pas décidé vers l'endroit qu'il m'a indiqué.

La porte du bureau est grande ouverte, mais je l'ai toujours vue comme ça. À se demander s'il est possible de la fermer ! Mais ma cohabitation avec Manon en Aveyron m'a appris une chose : elle ne supporte pas de se sentir enfermée derrière une porte. Elle a besoin de se sentir libre, prête à partir n'importe quand pour enquêter sur le terrain.

Si elle est retenue prisonnière quelque part, je n'ose pas imaginer ce que ça peut lui faire…

« Tu cherches quoi ? »

Lucas m'a rejoint. J'ai l'impression que les allers-retours de sa main gauche se sont encore accélérés. Son air de chien battu me ferait presque le prendre en pitié.

« Je sais pas. Quelque chose qui pourrait expliquer ce qui se passe…

— Elle a vraiment disparu, t'es sûr ?

— Oui, mon vieux. Je suis sûr. »

Dans le silence qui suit, j'essaie de trouver par quel bout commencer mes recherches. C'est comme chez Manon, sauf que c'est quand même un peu mieux rangé et que je ne vois aucun dossier rouge. *A priori*, l'Aveyron ne s'est pas invité dans son bureau du journal. Ou alors il en est déjà reparti.

Dans le couloir, les bruits de conversation habituels d'une rédaction de journal résonnent. Ils forment une espèce de brouhaha informe auquel je ne prête pas vraiment attention jusqu'à ce qu'on m'interpelle assez sèchement.

« Dis donc, faut pas te gêner ! »

C'est le rédacteur en chef. Et il est manifestement de mauvais poil. Pas de bol… Je choisis la meilleure tactique dans ce cas : jouer les naïfs. Un rôle que je maîtrise sur le bout des doigts.

« Ben quoi ? Tu m'as dit que je pouvais passer… Je passe !

— T'aurais surtout pu passer me voir avant de te précipiter dans le bureau de Manon.

— Je voulais pas te déranger…

— C'est ça, prends-moi pour un imbécile en plus. C'est sûr que ça va me plaire.

— Oh, t'énerve pas… Qu'est-ce que ça aurait changé, que je passe te voir ?

— Pas grand-chose, en effet. Ça t'aurait juste permis de savoir que les flics sont passés hier soir. »

Pour le coup, j'arrête mes investigations. Content de son petit effet, mon ancien boss croise les bras sur sa poitrine et me regarde en levant le menton.

« Ah, ça t'intéresse, on dirait ! Tout à coup, tu me trouves moins pénible ! »

C'est plus fort que moi, il faut que je réponde.

« Pénible ? Mais non ! Loin de moi une idée pareille, patron ! »

Des années d'entraînement laissent forcément des traces… Heureusement pour moi, le boss ne relève pas.

« Ça va, Marc, arrête ton char. Et ramène tes fesses dans mon bureau. »

Quand j'en franchis la porte, Lucas est toujours planté devant le bureau de Manon, figé comme une statue.

Le boss me montre une chaise.

« Assieds-toi.

— C'est si grave que ça ? »

Un soupir excédé me répond.

« Comment est-ce que tu peux plaisanter dans un moment pareil ? »

Je me surprends tout à coup à être très sérieux.

« C'est une stratégie de survie comme une autre. L'énergie que je mets à dire des conneries, je ne l'utilise pas à me faire du mouron.

— T'as raison. C'est sûrement la meilleure chose à faire…

— Bon, alors, qu'est-ce qu'ils voulaient, les flics ?

— Un peu la même chose que toi. Voir si quelque chose pouvait expliquer la disparition de Manon.

— Ils croient que c'est lié à son boulot ici ?

— Honnêtement, je ne crois pas. En tout cas, je n'ai pas eu l'impression. Par contre, ils ont posé pas mal de questions sur toi. »

Et merde, je suis encore suspect, dans cette histoire…

Vaguement inquiet, je pose la question qui tue. Celle à laquelle personne ne répondra jamais honnêtement, ou presque.

« Tu crois quand même pas que j'ai quelque chose à voir avec ça ? »

La franchise de la réponse me surprend.

« Indirectement, t'as forcément quelque chose à voir, pourtant. C'est toi qui vivais là-bas, en Aveyron. C'est avec toi que Manon a enquêté et résolu cette affaire vieille de dix ans. Avec toi qu'elle a passé tous ses week-ends depuis bientôt un an. T'es forcément lié à sa disparition.

— Mais bon sang, pourquoi est-ce que je l'aurais fait disparaître ?

— T'as pas compris. J'ai pas dit que tu l'avais fait disparaître… Juste que t'avais quelque chose à voir avec sa disparition. D'une façon ou d'une autre, t'es lié à ce qui est arrivé à Manon. Parce que c'est arrivé là-bas. Et que là-bas, Manon ou toi, c'est la même chose. Ou presque. »

Le boss est chiant, mais il a été un excellent journaliste et son flair de vieux limier est intact. Aussi, quand il me lance : « Réfléchis bien à ce que je viens de te dire ! » en me pointant du doigt, je le prends très au sérieux. Nous n'avons pas souvent été d'accord, nous nous sommes même souvent accrochés pour des broutilles (essentiellement parce que je ne supporte pas de respecter la hiérarchie, c'est plus fort que moi) mais j'ai confiance en son intuition. Je sens qu'il a raison.

« Tu peux fouiller dans le bureau de Manon autant que tu veux, poursuit-il, je te fais confiance. Mais ça m'étonnerait que t'y trouves quelque chose d'intéressant. D'autant plus qu'après la parution de son fameux article sur le meurtre de votre père Pommier, elle a fait du ménage. Du sacrément gros ménage, même ! Je l'avais jamais vue détruire autant de documents. Un moment, je me suis même demandé si elle prévoyait pas de changer de crèmerie. »

Il a été franc avec moi ; je me sens obligé de lui rendre la pareille.

« C'est possible. Je n'ai pas tous les détails, mais je sais qu'elle avait reçu des propositions par mail.

— Pour bosser ailleurs ?

— Ouais.

— Ça m'étonne pas. Et à sa place, j'en aurais profité. Manon, c'est une super journaliste. N'importe quel rédac chef serait content de l'avoir dans son équipe. »

Son regard se perd tout à coup dans le vague.

« J'espère vraiment qu'il lui est rien arrivé… »

Et moi, donc !

Avant de me tirer et de retourner chez Manon, je prends quand même le temps de finir mon état des lieux. Effectivement, il est assez évident que le bureau a été sérieusement nettoyé. Rien, absolument rien n'y a le moindre lien avec ce que nous avons fait en Aveyron. Autant son bureau personnel fourmille de données en tous genres, autant celui-ci en est totalement exempt. Comme si elle avait voulu faire table rase de tout ce que nous avions découvert. De tout ce que nous avions vécu.

J'en ressens beaucoup de tristesse. Peut-être même un peu de colère.

Pour un peu, je serais vexé. Pour ne pas dire blessé. Moi, le vieux célibataire endurci, qui n'avais jamais regardé Manon autrement que comme une collègue compétente, voire envahissante (une espèce de concurrente, en fait) et souvent agaçante, il semble bien que je me sois laissé aller à éprouver quelque chose pour elle. Une sorte de tendresse, pour ne pas dire plus.

Et c'est maintenant qu'elle a disparu que je m'en rends compte.

Pauvre con !

Dans l'ordinateur du journal, il n'y a rien d'intéressant pour moi non plus. Manon y a archivé tous ses articles passés, quel qu'en soit le sujet, et c'est tout. Rien sur une éventuelle nouvelle enquête en cours. Rien non plus sur le père Pommier et Monsieur Thomas, excepté l'article qui a mis le feu aux poudres.

Du coup, je le relis avec un regard neuf, avec en tête les commentaires de Gaston.

Il a dit que Manon ne s'était pas fait que des amis.

Qui aurait pu se sentir agressé par ce qu'elle a écrit ? Bien sûr, le nom du village est inscrit en toutes lettres et rien que ça a pu déranger du monde. Mais sinon ? Personne n'est mis en cause, de quelque façon que ce soit. C'était d'ailleurs volontaire : comme moi, Manon s'était prise d'affection pour tous ces gens qui, au fil du temps, nous étaient devenus proches. Elle ne voulait pas les blesser. Mais elle tenait à raconter toute l'histoire. Et il était indéniable que Clotilde Pommier n'avait été soutenue par personne.

Est-ce suffisant pour que quelqu'un prenne la mouche au point de vouloir lancer des représailles ? Sûrement pas.

J'éteins l'ordinateur, jette un dernier regard circulaire dans la pièce et me prépare à partir. Lucas et le rédacteur en chef sont en grande discussion devant le distributeur de boissons. Je les rejoins.

« Café ? me demande le rédac chef.

— Non, merci. J'ai pas besoin de m'énerver.

— Tu t'en vas ? dit Lucas.

— Ouais. T'avais raison, dis-je au boss, j'ai rien trouvé d'intéressant.

— Tu repars en Aveyron, alors ?

— Demain, sûrement.

— Tu nous tiendras au courant ?

— Évidemment ! »

Et sur un dernier hochement de tête, qui a plus pour but de me motiver que d'appuyer ma réponse, je prends la direction de l'ascenseur. Retourner en Aveyron, oui. Mais d'abord, je dois revoir Rose-Marie.

La nuit est déjà tombée quand je me retrouve dans la cour qui précède l'immeuble de Manon et de sa grand-mère. Le trajet de retour en métro depuis le journal a été encore plus éprouvant que l'aller. Je ne sais pas si c'était le fait de ne rien avoir trouvé sur place, l'air de chien battu de Lucas qui me poursuit encore, ou simplement l'heure de pointe qui fait qu'on est serré comme des sardines dans les rames, mais j'ai cru que je ne survivrais pas à ce second passage sous terre de la journée.

Je me rends compte qu'il y a des choses que je ne supporte plus. Mais vraiment plus. Le fait d'être serré contre quelqu'un d'autre, par exemple. Même contre une jolie fille. En Aveyron, j'ai appris à goûter à l'espace. Aux horizons ouverts. Ma distance de confort vis-à-vis des autres a considérablement augmenté.

Il y a aussi le bruit. Celui des roues sur les rails ne me gêne pas plus que ça : il est « normal ». Disons : incontournable. Le métro ne peut pas avancer sans faire de bruit ; il ne fonctionne pas sur coussin d'air… Non, le bruit qui m'insupporte, c'est celui qui s'échappe des écouteurs des gens qui sont censés écouter leur propre musique sans importuner leurs voisins… Sauf qu'ils la mettent tellement fort, cette musique, qu'ils sont devenus sourds et qu'elle se répand largement autour d'eux.

Et puis le goudron. Le béton. Ces couloirs souterrains qui serpentent et qui vomissent leur troupeau d'humains pressés. Au milieu d'eux, je me suis senti globule rouge (ou blanc) dans un vaisseau sanguin. Entraîné presque malgré moi vers le cœur battant de la vie parisienne. Je me suis senti complètement dessaisi de mon identité. Clone parmi des clones. Et je n'ai pas aimé ça. Mais pas du tout !

La cour de chez Manon me ramène à une sensation d'espace qui rend ma respiration plus facile. Involontairement, je ralentis le pas : je sais que ce moment ne va pas durer et je veux en profiter au maximum.

Le bruit de pas qui résonne tout à coup derrière moi m'arrache une grimace : même si je sais qu'on ne m'adressera pas la parole, je n'ai envie de voir personne. J'ai vu bien assez de monde comme ça aujourd'hui !

« Ça y est, vous êtes de retour ? »

Cette voix… Pas de doute : il s'agit de la mère de Manon. En deux secondes, elle est à ma hauteur. À croire qu'elle s'était mise à l'affût quelque part pour me guetter et me sauter dessus dès mon arrivée. Ça m'agace tellement que je n'ai aucun effort à faire pour être désagréable avec elle : instinctivement, j'utilise mon ton le plus ronchon pour lui répondre.

« Vous voyez bien…

— Et alors ? Vous avez trouvé quelque chose ?

— Rien. Et vous ? »

Elle me jette un regard surpris.

« Comment ça, et moi ?

— Vous n'avez pas eu une idée miraculeuse qui pourrait nous aider à retrouver votre fille ? Reçu un coup de fil de son ravisseur demandant une rançon ? Quelque chose, putain ! »

Les yeux de Rose-Marie s'agrandissent au fur et à mesure que je parle. Sa voix tremble un peu quand elle me répond, mais ce que je remarque surtout, c'est la longueur invraisemblable de ses boucles d'oreille : lorsqu'elle secoue la tête, elles lui balaient les épaules.

« Non, rien… Mais… Vous croyez qu'elle a été enlevée pour de l'argent ?

— J'en sais rien. C'est vous qui savez si vous avez suffisamment de fric pour intéresser des crapules.

— Mais non !

— Bon, eh ben vous avez la réponse », dis-je en haussant les épaules.

Les yeux brillants derrière ses lunettes, elle semble tellement bouleversée que pour un peu je m'en voudrais de l'avoir bousculée. Virtuellement parlant, s'entend.

Bon prince, je lui tiens la porte de l'immeuble pour la laisser entrer devant moi. Elle n'a pas fait deux mètres qu'elle s'arrête net. Le temps que je réagisse, je lui suis déjà rentré dedans. Virtuellement parlant, toujours…

Ses yeux humides levés vers moi, les lèvres tremblantes (et terriblement pulpeuses) elle murmure presque.

« Venez, je vais vous présenter ma mère. »

La porte devant laquelle la mère de Manon s'arrête est celle sur laquelle le nom de madame Wroom s'affiche.

« Votre mère est anglaise ?

— Non. Mariée à un Anglais, dans sa jeunesse. Elle est veuve depuis quarante ans, mais pour elle le temps s'est arrêté à la mort de mon père, alors ne vous avisez pas de lui donner du madame comme vous n'avez pas cessé de le faire au téléphone : ça l'énerve.

— Et comment je dois l'appeler, alors ? La vieille ?

— Ne vous faites pas plus bête que vous n'êtes… Appelez-la simplement par son prénom : Nina. »

Le doigt de Rose-Marie n'a pas encore atteint la sonnette que la porte s'ouvre déjà en grand. Derrière, une vieille dame aux yeux outrageusement ourlés de noir, les poings sur les hanches, en chemise à carreaux et jean, nous accueille.

« Ce n'est pas fini de parler de moi, comme ça, juste devant ma porte ? »

Rose-Marie ne réagit même pas à l'engueulade. Elle se contente d'entrer dans l'appartement et d'embrasser sa mère sur la joue en lui lançant :

« Bonsoir, Maman ! Je te présente Marc Linard, l'ami de Manon.

— Ami, ami… Collègue serait plus juste. »

Nina, puisqu'il faut que je l'appelle comme ça, me détaille de la tête aux pieds.

« Vous êtes drôlement vieux, jeune homme !

— Je vous demande pardon ? Vous vous êtes regardée ? »

Contre toute attente, le front plissé de la vieille dame se détend et un grand sourire étire ses lèvres.

« Je préfère ça, lance-t-elle en hochant la tête. Vous m'aviez paru bien poli, hier soir, au téléphone. Ma petite-fille mérite mieux que ça ! »

Eh ben, mon vieux, entre sa mère et sa grand-mère, pas étonnant que Manon ait hérité d'un caractère de cochon… À y regarder de près, on peut même dire qu'elle est super soft !

Pourquoi, tout à coup, ai-je l'impression de ne plus rien maîtriser ?

Nina n'a peut-être pas la langue dans sa poche, mais ses jambes semblent ne plus trop lui obéir : c'est en s'appuyant sur les meubles et en s'accrochant au chambranle des portes qu'elle rejoint la cuisine, dans laquelle sa fille est déjà entrée.

Sans un mot, Rose-Marie sort des verres à pied d'un placard et se tourne vers sa mère. Celle-ci hoche la tête.

« Un petit Martini ne nous fera pas de mal… »

Le temps pour Rose-Marie d'extraire une bouteille de sous l'évier et en moins de temps qu'il n'en faut pour le dire je me retrouve attablé devant un Martini on the rocks. Aucune des deux ne m'a demandé mon avis.

« Citron ? interroge tout de même Rose-Marie en sortant un fruit entamé du frigo.

— Non, merci. Ça ira.

— Comme vous voudrez », dit-elle en faisant la moue.

Une fine tranche de citron déposée dans chacun de leurs verres, la mère et la fille trinquent ensemble avant de se tourner vers moi.

« À votre santé, jeune homme, lance Nina.

— À la vôtre, ajoute sobrement Rose-Marie.

— À la santé de Manon, surtout ! » ne puis-je m'empêcher de conclure.

Mère et fille se figent un instant.

« N'allez pas croire que nous ne sommes pas inquiètes, déclare alors Nina. D'ailleurs, ma fille peut vous le dire : je ne bois de l'alcool que quand la situation est grave. Évidemment que nous pensons à

Manon… Nous ne faisons même que ça. Mais notre inquiétude ne fait pas avancer les choses, n'est-ce pas ?

— En effet.

— Et vous, où en êtes-vous de vos recherches ?

— Au point mort, malheureusement. Cette nuit, j'ai parcouru une bonne partie des dossiers que Manon a accumulés dans son appartement. J'y ai trouvé des tas d'informations concernant notre affaire que je ne connaissais pas, mais rien qui puisse expliquer quoi que ce soit. Quant à ses dossiers du journal… C'est bien simple : là-bas, elle n'a rien. Tout ce que son ordinateur contient, ce sont ses articles. Ceux qu'elle a signés et qui ont déjà paru.

— Qu'est-ce que vous allez faire, alors, maintenant ? s'inquiète Rose-Marie.

— Terminer de regarder ses dossiers, là-haut, et puis repartir en Aveyron. Manifestement, c'est là-bas qu'il faut continuer à fouiller.

— Si vous avez besoin d'aide, ou de compagnie… Je peux monter avec vous chez Manon.

— Pourquoi pas ? À deux, nous serons peut-être plus efficaces… »

Les verres de Martini vidés, remplis une seconde fois, et vidés à nouveau, je me décide à me lever pour prendre congé. De Nina, au moins. D'ailleurs, j'ai à peine eu le temps de dire qu'il fallait quand même que j'aille continuer mes recherches que Rose-Marie se lève à son tour. Enfin, se lève… Bondit de sa chaise comme mue par un ressort serait plus juste !

Nina est beaucoup moins réactive. D'ailleurs, elle grommelle en s'agrippant au rebord de la table.

« Ah, ces jambes qui ne veulent plus me porter… »

Les mots fusent d'eux-mêmes de ma bouche.

« En plus, les deux verres que vous venez d'avaler ne doivent pas leur faciliter la tâche… »

Nina ne se fâche même pas. De toute façon, j'ai eu l'occasion de remarquer qu'elle n'aimait pas qu'on l'enrobe de délicatesse.

« Ce qui est exaspérant, quand on devient vieux, c'est que les gens se sentent obligés d'être gentils avec vous, nous a-t-elle lancé, à Rose-Marie et moi, quelques minutes plus tôt. On peut les provoquer tant qu'on veut, on n'arrive pas à se faire engueuler. Franchement, est-ce que j'ai l'air de quelqu'un qui a besoin d'être pris avec des pincettes ? »

En l'occurrence, elle prend la peine de m'expliquer sa philosophie.

« C'est assez emmerdant comme ça d'être vieux, jeune homme. Si en plus je devais me priver des petits plaisirs qui me restent… »

Un doigt accusateur pointé sur moi, elle conclut :

« Je suis vieille, mais ce n'est pas une raison pour me traiter en vieille femme. »

Encore du Manon tout craché. Combien de fois ne l'ai-je pas entendue dire ça au journal : « Je suis jeune, mais c'est pas une raison pour me traiter en gamine » ! Maintenant, je sais d'où lui venait cette habitude.

Pendant que Rose-Marie s'occupe de nous préparer à manger, je me remets au travail. Dans un coin du bureau de Manon, j'ai entassé toutes les chemises cartonnées rouges dont j'ai déjà parcouru le contenu. Mine de rien, il y en a une bonne dizaine… et il en reste encore presque autant à traiter.

La première que j'attrape est exceptionnellement mince. Ce qui s'explique très facilement : elle est tout bonnement vide. J'ai beau la retourner dans tous les sens : rien ! Rien dedans, rien de marqué dessus… excepté un coup de feutre en travers à l'intérieur. Pourtant, elle présente des marques d'usure. Comme si elle avait servi. Qu'est-ce que Manon a bien pu faire du contenu ?

Perplexe, je m'empare d'une deuxième chemise. Celle-ci contient encore des coupures de presse, mais qui ont surtout pour thème le début de l'histoire : la découverte de la jeune épouse Pommier suspendue au bout d'une corde.

À l'époque des faits, il y a eu de nombreuses hypothèses. Celle du suicide, qui est finalement devenue la version officielle des faits, n'en était qu'une parmi d'autres et pas forcément la plus populaire chez les journalistes. Celle du meurtre déguisé en suicide semblait avoir plus la cote. Logique : ça vous fleurait bon le scandale, propice à augmenter les ventes des quotidiens.

D'ailleurs, au village aussi, c'est cette version qu'on a choisi de privilégier : pour tout le monde ou presque, le père Pommier a pendu sa femme. Basta.

Clotilde était une jeune Parisienne, déposée là par le hasard et un mari bien plus âgé qu'elle ; Manon est jeune, parisienne, et dans l'esprit de tous (en tout cas au village) la compagne d'un mec bien plus vieux qu'elle : moi.

Pour la première fois depuis la disparition de Manon, la similitude des parcours me saute aux yeux. J'espère qu'elle s'arrêtera avant l'apparition d'une corde…

Le contenu d'une autre chemise se rapporte à l'époque où Clotilde Pommier s'appelait encore Thomas et bossait pour la brigade des stupéfiants. Manon a stocké tout ce que nous avons pu rassembler, notamment les documents fournis par mon contact. Mais encore une fois, je m'aperçois qu'elle a fouillé plus loin. Dans les affaires sur lesquelles Clotilde Thomas était intervenue, avant de s'intéresser à la brasserie de son futur mari.

Je découvre ainsi que la jeune femme parlait plusieurs langues slaves. Un atout certain dans un milieu où les gros poissons venaient souvent de l'Est.

Quelques noms apparaissent à plusieurs reprises dans le dossier : Nikolic, Ludanyi, Berisha… Des partenaires fidèles, en quelque sorte !

D'ailleurs, ces noms sont également cités dans les premiers comptes rendus de Clotilde en mission à la brasserie du père Pommier. C'est sûrement en suivant leurs traces que les stups en sont arrivés à s'intéresser à son établissement : ces braves gens (enfin, pas si braves que ça !) le fréquentaient régulièrement.

En tombant amoureuse du père Pommier et en le convainquant de quitter Paris, Clotilde a tout bonnement mis fin à l'enquête en cours. Certains, aux stups, ont dû l'avoir mauvaise !

J'en suis là de mes réflexions quand Rose-Marie pointe le bout de son nez à la porte. Elle n'entre pas, comme impressionnée (ou rebutée, ou terrorisée) par la quantité de papiers (et donc d'informations) que sa fille a rassemblés dans cette pièce, mais la parcourt du regard comme si cela pouvait suffire à en extraire la clé de l'énigme de la disparition de Manon.

Je vois ses yeux explorer méthodiquement toutes les piles, tous les bouts de papier éparpillés. Descendre par terre, où des cartons entiers sont entassés les uns sur les autres. Remonter le long de l'étagère qui se trouve à côté de la porte. Pas un mot ne sort de sa bouche et je la connais suffisamment maintenant pour savoir que c'est extrêmement rare.

Finalement, elle plante son regard dans le mien.

« Vous allez la retrouver, n'est-ce pas ? »

Cet accès de confiance me dérange un peu, il faut bien le dire. Je veux retrouver Manon, bien sûr. Mais suis-je certain d'y arriver ? Évidemment que non ! Alors je n'ai vraiment pas besoin qu'on me mette la pression.

« Je l'espère bien, mais je ne peux rien vous garantir, vous savez… »

Rose-Marie persiste dans la méthode Coué.

« Mais si, vous allez y arriver ! Vous avez bien réussi à résoudre une affaire de meurtre vieille de dix ans !

— Je ne voudrais pas vous démoraliser, mais je vous ferai remarquer que je n'étais pas tout seul : il y avait Manon pour m'aider.

— Vous ne voulez pas me démoraliser, mais c'est exactement ce que vous faites ! se plaint Rose-Marie. Vous ne pouvez pas être positif, de temps en temps ? »

Positif ? Ce n'est pas vraiment dans mon tempérament, en fait. Je suis plutôt du genre désabusé. Pour ne pas dire cynique.

Je n'ai rien dit, mais ce que je pense a dû se voir sur ma tronche, car Rose-Marie secoue la tête.

« Venez manger. Ça, c'est bon pour le moral. »

Du coin cuisine, une odeur de sauce tomate vient me chatouiller les narines. Rose-Marie a raison : manger me fera du bien. Au passage, ça m'éclaircira aussi les idées après les deux verres de Martini. Un peu ragaillardi, je me renseigne.

« Qu'est-ce que vous avez préparé de bon ?

— Des lasagnes. Il y en avait un plat tout préparé au congélateur. »

Évidemment, le congel… Pourquoi n'y ai-je pas pensé tout seul ? J'aurais pu engloutir tout le plat de lasagnes hier soir…

Assis face à face à la table du salon, Rose-Marie et moi mangeons en silence. Les lasagnes me ramènent en Aveyron : c'est un des plats préférés de Manon et il ne s'est guère passé de week-end sans qu'elle n'en prépare. Dans le silence de cette soirée parisienne, je l'entends encore s'exclamer : « C'est bon, l'aligot, mais ça ne remplacera jamais des lasagnes ! »

En souriant, je hoche la tête. Rose-Marie s'étonne.

« Qu'est-ce qui vous amuse ?

« — Oh, rien… Je pensais à Manon et à son amour des lasagnes.

— Une vraie passion, vous voulez dire ! Je crois que c'est le premier plat qu'elle a voulu apprendre à préparer. Elle devait avoir 15 ou 16 ans et elle était tombée follement amoureuse d'un Italien ! Depuis, elle n'a jamais arrêté d'en manger.

— Et l'Italien ?

— Oh, lui… Il a été oublié aussi vite qu'il était arrivé… Manon a besoin de changement, vous savez. Avec elle, les hommes ne restent jamais bien longtemps… Avec moi non plus, d'ailleurs… Tout le contraire de Nina, qui a voué toute sa vie au même homme.

— Eh bien, ça fait au moins un point sur lequel vous ne vous ressemblez pas ! fais-je remarquer. Parce que pour le reste…

— Pour le reste, nous sommes trois générations d'emmerdeuses. C'est bien ce que vous voulez dire ?

— En l'occurrence, c'est vous qui le dites ! me défends-je.

— Mais vous l'avez pensé tellement fort… »

Pour le coup, elle n'a pas complètement tort. Car ce qu'ont d'abord en commun Manon, sa mère et sa grand-mère, c'est un caractère bien trempé et une sacrée façon de ne pas se laisser marcher sur les pieds (pour ne pas dire de prendre plaisir à piétiner ceux des autres). Si elles ne décidaient pas elles-mêmes de changer de mec, ce sont sûrement les mecs qui finiraient par jeter l'éponge. Par lassitude.

On ne peut pas passer sa vie à se bagarrer avec sa femme.

Enfin, ce que j'en dis… On ne peut quand même pas dire non plus que je sois un spécialiste de la relation longue durée. Si j'y réfléchis, Manon est encore la fille avec laquelle j'ai passé le plus de temps dans ma vie. Un comble, pour ne pas dire une hérésie.

Rose-Marie me tourne le dos pour s'affairer dans le coin cuisine. Qu'a-t-elle dit, déjà ? Que Manon avait besoin de changement. Et que les hommes ne restaient jamais bien longtemps avec elle…

C'est pourtant elle qui a réussi à me supporter tous les week-ends (et parfois même une partie de la semaine) pendant plus de six mois. Et avec le sourire, encore ! Bon, un rien de mauvaise foi, aussi… Et un soupçon d'agressivité pour me remettre à ma place quand j'en avais besoin. Bref, avec sa personnalité tellement entière et chiante. Des fois. En tout cas, elle ne m'a jamais donné l'impression d'en avoir marre.

En plus, aucune autre n'y était arrivée avant elle. Alors, ça mérite le respect. Ça mérite un geste.

Manon, dès que je te retrouve, je te demande officiellement de vivre avec moi.

Je suis le premier surpris de cette décision. Mais il me semble que c'est bien le moins que je puisse faire. C'est Manon qui m'a embarqué dans toute cette histoire. Manon qui m'a sorti de la retraite de journaleux dans laquelle j'étais en train de mourir à petit feu et a redonné des couleurs à ma vie. Manon qui m'a fait découvrir ce bled perdu du fin fond de l'Aveyron dans lequel je n'aurais jamais eu l'idée de mettre les pieds sans elle et qui me colle tellement à la peau maintenant que je ne pense qu'à une chose : y retourner.

Tu te rends compte ? Toi, tombé amoureux d'un bled ? C'est complètement surréaliste !

Ça peut paraître idiot (ça l'est peut-être, sûrement, je n'en sais rien et je m'en fous) mais à 53 ans, bientôt 54, je me sens tout à coup devenir adulte. Grâce à une fille qui n'a même pas la moitié de mon âge…

Tout ça me fait penser que…

« Dans dix jours, c'est mon anniversaire », dis-je tout à coup.

Rose-Marie se retourne vers moi, la main sur la poignée de la porte du congélateur.

« Ah oui ?

— Oui. Et vous savez ce que j'aimerais avoir, comme cadeau ? »

Je la sens désarçonnée par la question. Comme si c'était le moment de penser à ça ! Un rien ironique, elle répond quand même.

« Non, mais je sens que je ne vais pas tarder à le savoir !

— Je voudrais juste que Manon soit là, avec moi, pour le fêter. »

Lâchant la poignée de la porte, elle s'appuie des deux mains sur le bar qui sépare le coin cuisine du salon. Et quand elle reprend la parole, son ton n'a plus rien d'ironique. Au contraire : il est tout ce qu'il y a de sérieux, pour ne pas dire grave.

« Vous l'aimez beaucoup, n'est-ce pas ?

— Beaucoup, oui. Trop, sans doute.

— On n'aime jamais trop quelqu'un. »

Sur ces paroles péremptoires, Rose-Marie se tourne à nouveau vers le congélateur, en ouvre la porte et me questionne sans se retourner :

« Pistache ou rhum-raisin ? »

Les deux parfums de glace préférés de Manon. Je le savais !

« Les deux », dis-je en souriant.

Rose-Marie sort les deux bacs de crème glacée, les pose sur la table et entreprend de me servir. Je la regarde faire. Ses gestes me rappellent tellement ceux de Manon qu'avec un peu d'imagination je pourrais croire que c'est elle qui est là, devant moi. Ce serait tellement plus logique : après tout, nous sommes chez elle.

Une rage folle me remplit tout à coup. Rage contre les responsables de la disparition de Manon. Rage contre mon impuissance à la retrouver.

Bon sang, Marc, qu'est-ce que tu peux penser à bouffer de la glace ou à fêter ton anniversaire alors que Manon est dans la nature ?

« Il faut que j'y retourne ! »

Je me lève comme si j'avais reçu une gifle. D'un coup, en faisant presque tomber ma chaise derrière moi. Rose-Marie pousse un cri de stupeur, puis porte sa main à ses lèvres, mais ne dit pas un mot quand je la plante sur place, mon bol plein de glace toujours sur la table.

Quand elle vient me dire au revoir à l'entrée du bureau de sa fille, c'est tout juste si je relève la tête. Elle n'insiste pas. Mais quelques secondes plus tard, alors que je la crois déjà partie, j'entends à nouveau sa voix.

« Marc ?

— Oui ? »

Cette fois, je n'ai pas pu m'empêcher de relever la tête.

« Je compte sur vous. Vous allez la retrouver.

— J'espère ne pas vous décevoir, dis-je simplement.

—J'en suis sûre. Vous ramènerez Manon. Le contraire n'est pas possible. »

—J'en suis sûre. Vous ramènerez Manon. Le contraire n'est pas possible. »

Ma seconde nuit d'épluchage de dossiers ne m'a pas mené bien loin. On peut même dire que j'ai fait du surplace. Finalement, la seule chose que j'aurai retirée de ces heures de lecture inconfortable sur le tabouret de Manon, c'est ce doute, cette intuition, ce rapprochement entre Manon et Clotilde Pommier qui me pousse à retourner le plus vite possible en Aveyron.

Je ne saurais pas dire pourquoi, mais maintenant, je suis sûr que Manon est là-bas, quelque part, tout près de l'endroit où on a retrouvé sa voiture. Je suis sûr aussi que quelqu'un du village (à moins que ce ne soit quelques-uns ?) est responsable de ce qui s'est passé.

Et puis il y a ces mots du rédacteur en chef : « D'une façon ou d'une autre, tu es lié à ce qui s'est passé ». Ces mots, ils me trottent dans la tête depuis que je les ai entendus et je sais ce que ça veut dire : ça veut dire que mon flair a repéré quelque chose. Mon cerveau ne sait pas encore quelles connexions il doit utiliser pour comprendre les tenants et les aboutissants de cette histoire, mais mon subconscient sait déjà. Je n'ai qu'une envie, c'est de le croire. D'abord parce que ça me donne un embryon de piste à suivre. Ensuite, parce que chaque fois que je lui ai fait confiance dans ma carrière, ça a donné de bons résultats.

Au moment de reposer la clé de secours de Manon à sa place, dans le recoin derrière sa boîte à lettres, j'ai une hésitation. Est-ce que je ne ferais pas mieux de la garder, cette clé ? Mais non, elle appartient à Manon. Manon qui en aura peut-être bientôt à nouveau besoin. De quel droit est-ce que j'en prendrais la responsabilité ? Je suis sûr qu'elle n'aimerait pas ça.

La porte de madame Wroom (autrement dit Nina) est fermée. Là aussi, j'hésite un peu. La prévenir de mon départ, ou pas ? J'opte finalement pour l'affirmative et appuie sur la sonnette.

Rien.

Si je n'avais jamais rencontré la grand-mère de Manon, je partirais sans plus attendre, persuadé qu'il n'y a personne ou que ladite madame Wroom ne veut pas ouvrir. Mais après avoir fait la connaissance de Nina, je sais qu'il lui faut un temps fou pour parcourir les quelques mètres qui séparent n'importe quel coin de son appartement de la porte d'entrée. Alors, je prends mon mal en patience.

Histoire qu'elle ne se décourage pas complètement, je me permets quand même de sonner une nouvelle fois. Un grognement s'élève alors derrière la porte :

« Ça vient, ça vient… »

Nina est bien là. Sa bonne humeur aussi !

« Ah, c'est vous ! dit-elle en me découvrant sur le palier.

— Ma visite ne déclenche pas votre enthousiasme, on dirait.

— Et pourquoi voudriez-vous que je sois enthousiaste ? Vous avez retrouvé ma petite-fille ?

— Non, évidemment !

— Alors, revenez quand ce sera le cas et là, oui, je serai enthousiaste ! En attendant, vous savez ce qui vous reste à faire…

— Je venais justement vous prévenir que je quitte l'appartement de Manon pour retourner en Aveyron, dis-je, piqué au vif.

— Eh bien, je vous souhaite bon courage, jeune homme. Et bonne chance ! »

Ses souhaits sont sincères, je le vois bien. Ses manières brusques ne suffisent pas à masquer son inquiétude et tout comme Rose-Marie, tout comme moi, elle a hâte de retrouver Manon. Entière et en bonne santé.

« Ma fille est là-haut ? demande-t-elle.

— Rose-Marie ? Non. Pourquoi ? Elle devrait y être ?

— Vous êtes montés ensemble, hier soir, non ?

— Oui. J'ai continué à consulter les dossiers de Manon, Rose-Marie a préparé à manger, nous avons dîné ensemble et ensuite elle est partie.

— Vous savez quoi ? s'exclame tout à coup Nina. Vous me plaisez bien, finalement !

— Vous m'en voyez honoré, madame… dis-je en mimant une révérence.

— Oh, n'en faites pas trop, quand même… »

Mais c'est un vrai sourire qui étire ses lèvres habituellement plissées. Elle m'en devient infiniment sympathique.

« Vous permettez que je vous embrasse ? »

Devant ses sourcils froncés, je me sens obligé de préciser :

« Sur la joue, bien sûr !

— Allez-y, grommelle-t-elle. Mais c'est bien parce que c'est vous… Et parce que Manon n'est pas là pour se moquer de moi. »

Je fais claquer un baiser sur la joue de la vieille dame.

« Bientôt, elle sera là. »

Et cette fois, je ne suis pas loin de croire à ce que je dis.

La cour intérieure qui sépare l'immeuble de la rue est toujours aussi déserte. Son calme me fait du bien. Il me permet de me préparer aux agressions de la ville. Agressions que je me fais un plaisir de quitter.

Comme pour venir, j'ai fait le choix de prendre un taxi. Étant donné la distance à parcourir, la course me coûte une fortune, mais je ne me vois pas utiliser un autre moyen de transport : mon dernier trajet en avion m'a laissé une allergie aiguë aux aéroports… Et puis, c'est en voiture que j'ai rejoint l'Aveyron, la toute première fois, avec Manon. C'est en voiture que je veux y retourner.

Comme je ne conduis pas, je n'ai pas tellement d'autre choix que le taxi. Il y aurait bien le covoiturage, mais j'ai eu la flemme de chercher quelqu'un qui ferait le même trajet au même moment.

Il faut croire que quelque part je suis toujours très parisien.

En tout cas, j'ai fait venir la voiture de Rodez. Pour que ce soit un Aveyronnais qui me ramène chez moi. Dans tous les cas, que le chauffeur soit parisien ou aveyronnais, il faut bien qu'il fasse l'aller-retour, non ? Alors qu'est-ce que ça change qu'il fasse l'aller à vide plutôt que le retour ?

Au téléphone, le mec que j'ai eu a bien tiqué quand j'ai fait ma demande : ça sortait un peu trop de l'ordinaire. Mais j'ai fait remarquer que j'étais venu jusqu'à Paris en taxi deux jours plus tôt… et que le taxi venait de chez lui. Pour un client régulier comme moi, il pouvait bien faire un effort, non ? Et il l'a fait.

Cette fois, le chauffeur est une femme. Quand d'autorité elle m'ouvre la portière arrière, je n'essaie même pas de négocier avec elle pour voyager devant. J'aurais trop l'impression de tromper Manon avec une autre.

Assis à l'arrière, je regarde les rues défiler, les voitures accélérer et ralentir au rythme des feux tricolores, les motos et les scooters slalomer entre les files, les enseignes lumineuses clignoter… J'entends les coups de frein, les bruits de klaxon, les conversations des piétons qui traversent devant nous quand nous sommes arrêtés au feu rouge… Les cris et les jurons de Manon manquent au tableau.

Quand je pense que je l'ai maudite pour sa façon de conduire. Aujourd'hui, je donnerais tout ce que j'ai pour l'entendre à nouveau râler à côté de moi.

La femme au volant n'a pas du tout la même conduite, bien au contraire. Elle dirige son véhicule tout en souplesse, sans aucun mouvement brusque, ni à l'accélération ni au freinage, sans émettre un son. En plus, elle écoute de la musique classique. J'ai l'impression de me retrouver dans un cocon hors de la ville, alors qu'avec Manon j'en faisais partie intégrante.

Putain, Marc, tu vas arrêter de la comparer à Manon, oui ?

Quelque chose me dit que le trajet va me paraître bien long…

Une fois sur l'autoroute, compteur calé à 130 km/h, la monotonie du rythme finit par avoir raison de moi :

la fatigue accumulée après deux nuits presque blanches me tombe dessus comme la grêle sur un soir de printemps. Mes paupières se ferment toutes seules. J'essaie bien de les domestiquer un peu et de les forcer à se relever, mais la musique classique qui continue à envahir l'espace intérieur de la voiture a raison de mes efforts.

Après tout, autant que je me repose : comme ça, je serai en pleine forme à mon arrivée et prêt à me remettre au boulot.

Quand je me réveille, il me faut un certain temps pour comprendre où je me trouve. Je suis toujours dans le taxi, mais sur une bretelle d'autoroute. Serions-nous déjà arrivés ? La femme qui m'observe dans son rétroviseur intérieur répond à la question que je n'ai pas vraiment posée :

« Il est 13 h 30, je vais m'arrêter pour déjeuner. Il reste encore deux heures de route. »

Toujours dans le coaltar, j'opine du chef. Je ne suis pas vraiment sûr d'avoir faim, ou même d'avoir envie de manger, mais prendre l'air me fera du bien. Même sur une aire d'autoroute. Et puis, boire un petit café, ce serait pas mal non plus… Avaler un sandwich aussi, en y réfléchissant.

Bref, je me retrouve attablé devant un bon vieux steak frites salade des familles.

À chaque bouchée, j'ai l'impression de retrouver un peu de lucidité. Comme si mes neurones se reconnectaient entre eux au fur et à mesure que je mange. Pour un peu, je commanderais bien un second plat, juste pour voir si ça peut continuer, mais mon chauffeur ne le voit pas de cet œil-là : elle n'a manifestement pas envie d'allonger encore sa course.

« Vous n'êtes pas pressé d'arriver ? me demande-t-elle.

— Si, quand même.

— Il faudrait repartir, alors. Il y en a encore pour deux heures, vous savez ! »

Je crois que j'ai compris le message.

Depuis ma banquette arrière, je regarde défiler les kilomètres tout en réfléchissant à ce qui m'attend à l'arrivée.

D'abord, récupérer les clés de la maison chez la voisine. Prendre des nouvelles du chat. Le nourrir, éventuellement. Passer chez Gaston prendre la température. Ce sera l'après-midi, encore trop tôt pour l'apéro : il ne devrait pas y avoir grand-monde. Le cafetier sera à l'aise pour me faire part des derniers ragots.

Je ne m'attends pas à ce qu'il m'apprenne grand-chose de neuf, mais sait-on jamais… Mon absence de quelques jours aura peut-être délié quelques langues, apporté son lot de discussions et autres rumeurs.

J'en suis là de mes réflexions quand le panneau indiquant la sortie pour Rodez apparaît dans mon champ de vision. C'est drôle, il me fait plaisir, ce panneau. Il me donne la sensation d'être bientôt « à la maison ». Bientôt étant une notion très relative, car il reste encore une bonne heure de route. Mais une heure nettement moins monotone que les précédentes : les routes départementales de ce coin de France, au sud du Massif central, ne connaissent pas grand-chose de la ligne droite.

Quand, à la faveur de la traversée d'un village, j'aperçois le premier panneau publicitaire portant le nom de Centre Presse, je ne peux m'empêcher de sourire. Cette fois, il n'y a plus de doutes : ça sent l'écurie ! Le terroir. L'aligot et la saucisse. Les quilles de huit !

Et si, au lieu d'aller voir Gaston en arrivant, j'allais m'installer sur mon banc pour regarder les joueurs de quilles ? Vu la faible quantité de bagages que j'ai avec moi, je pourrais même me faire déposer par le taxi au bord du terrain.

T'es vraiment sûr que c'est une bonne idée ?

À la réflexion, pas vraiment. Je me fais déjà taxer assez souvent de Parisien ; si j'arrive en taxi là où tout le monde arrive à pied, ça va faire jaser.

Ma première idée était sans doute la meilleure. Me faire poser chez moi. Récupérer les clés, poser mon sac dans la maison, et aller voir Gaston.

« Vous connaissez le village où vous m'amenez ? » m'entends-je demander.

Dans le rétroviseur intérieur, un large sourire s'affiche.

« J'y ai grandi.

— Quoi ? Vous plaisantez ?

— Pas du tout. Je vous assure ! »

Rapidement, je calcule. Elle doit avoir une quarantaine d'années. Peut-être moins. Que veut-elle dire exactement par « grandir » ? Serait-il possible qu'elle ait suivi l'affaire des époux Pommier ?

L'excitation fait tourner mon cerveau à plein régime alors que je me demande quelle est la meilleure stratégie pour aborder le sujet qui m'intéresse. Dans le rétroviseur, le regard ne me quitte plus guère.

« Vous n'êtes pas de là-bas, dit-elle.

— Non, en effet. Mais j'y habite depuis plus de six mois.

— Ah oui ? Et qu'est-ce qui vous y a amené ? »

J'hésite à peine. Avec moins d'une heure maintenant devant moi, la carte de l'honnêteté me paraît être la meilleure.

« Une vieille affaire de meurtre non résolue.

— Le père Pommier ?

— Tout juste. Vous en avez entendu parler ?

— Tout le monde en a entendu parler !

— Mais vous n'habitez plus au village, non ?

— Non, mais ma mère y est toujours et je vais la voir de temps en temps. En plus, une histoire comme celle-là, on en a forcément parlé partout dans le secteur. »

J'hésite un peu plus avant de continuer.

« Vous avez su que cette histoire de meurtre avait été résolue, il y a quelques semaines ? »

L'étonnement de ma conductrice est tel qu'elle se retourne pour me regarder dans les yeux.

« Résolue ? Par qui ? Vous ?

— Avec l'aide de mon amie journaliste. »

Un sifflement admiratif assorti d'une paire d'yeux écarquillés accueille cette déclaration.

« Et alors ? C'était qui, l'assassin ?

— Vous connaissez Monsieur Thomas ? »

L'embardée qui manque de nous conduire au fossé m'a tout l'air d'être une réponse par l'affirmative. Impression qui m'est aussitôt confirmée.

« Monsieur Thomas ? Ce vieux monsieur distingué qui est toujours assis sur son banc au bord du terrain de quilles de huit ?

— Était assis. Maintenant, il est en prison.

— Pas possible… C'est lui, le meurtrier ?

— Oui. »

Le silence envahit l'habitacle. Je laisse faire : je sais qu'il faut le temps à ma conductrice d'assimiler l'information avant de pouvoir la commenter.

Quand elle se remet à parler, c'est plus pour elle-même que pour moi.

« Monsieur Thomas ? Ah ben ça alors… Qui aurait pu croire une chose pareille ? Un monsieur si tranquille, tellement respectable… Vous êtes sûr qu'il a égorgé le père Pommier ?

— Certain : il l'a reconnu. Le couteau qu'il a utilisé a même été remis à la justice. Monsieur Thomas a fait partie d'une unité de forces spéciales en Indochine, dans sa jeunesse. C'est là qu'il a appris à "neutraliser" l'ennemi, comme on dit dans ces milieux-là.

— N'empêche… Quelle histoire… Et Clotilde Pommier ?

— Quoi, Clotilde ? »

— Ne me dites pas que vous avez gobé la version du suicide ?

— Et pourquoi pas ?

— Parce que ce n'était pas du tout son style. »

Dire que je suis intéressé par ce que ma conductrice est en train de dire serait un parfait euphémisme. En fait, j'en tremblerais presque d'excitation.

« Qu'est-ce qui vous fait dire ça ? Vous la connaissiez ?

— Comme ça… Elle avait à peu près mon âge, alors comme beaucoup de gens, au départ j'avais trouvé bizarre son mariage avec le père Pommier. En même temps, comme elle venait de Paris, je me doutais que son installation dans notre petit village ne devait pas être très facile pour elle. Alors, quelquefois, au début, j'avais discuté avec elle. On avait sympathisé. Mais après, son mari est devenu terriblement jaloux… Enfin, vous devez déjà savoir tout ça si c'est vous qui avez résolu l'affaire !

— Dites-moi quand même ce que vous savez : jusqu'à présent, vous êtes la seule personne à m'avoir parlé comme ça de Clotilde…

— Ça ne m'étonne pas, vous savez. Elle était tellement…

— Parisienne ?

— C'est ça, oui, parisienne. »

Un nouveau silence s'abat dans la voiture. Puis mon interlocutrice reprend.

« C'est bien pour ça que la thèse du suicide ne tient pas debout. En imaginant qu'elle ait réellement voulu se suicider, elle aurait avalé des médicaments ou se serait entaillé les veines, mais se pendre… À une poutre, dans la grange… Franchement, ne me dites pas que vous croyez à ça ?

— J'ai du mal, en effet. Mais je n'ai rien trouvé de convaincant pour prouver le contraire. Certains disent que c'est son mari qui l'a pendue…

— Et ce n'est pas plus crédible ! Le père Pommier était devenu affreusement jaloux, mais sa femme lui collait à la peau. Ce n'est pas parce qu'il la frappait de temps en temps qu'il l'a tuée.

— Alors, qui ? Qui aurait pu vouloir tuer Clotilde Pommier ?

— Vouloir : des tas de gens ! Pouvoir : beaucoup moins. Il s'agit forcément de quelqu'un de costaud et qui sait faire des nœuds. À mon avis, ça élimine toutes les femmes.

— Et chez les hommes, vous pensez à quelqu'un en particulier ?

— Non. Je vous laisse le soin de creuser ! »

Mentalement, je fais le tour des hommes du village à la recherche de quelqu'un de costaud qui sait faire des nœuds. Le moins qu'on puisse dire, c'est que ça ne manque pas. Déjà, tous les agriculteurs sont dans ce cas… Et puis, rien ne me dit que je connais tout le monde. J'ai beau avoir fait le maximum possible pour m'intégrer, il y a des groupes dans lesquels je n'ai pas fourré mon nez : celui des pêcheurs, et surtout celui des chasseurs. Or là, je mettrais ma main à couper que des mecs costauds capables de coulisser une corde autour du cou d'une emmerdeuse de Parisienne, on doit pouvoir en trouver.

« Vous avez sûrement remarqué que chez nous les hommes et les femmes ne se mélangent pas vraiment, reprend ma conductrice. La société reste très traditionnelle, avec des clivages importants. Autant les jeunes garçons, dès 5 ou 6 ans, sont les bienvenus aux repas de la société de chasse, autant les femmes n'y vont que rarement. Elles n'y sont pas à leur place. »

À croire qu'elle a suivi le cours de mes pensées…

« Je me disais justement que je ne connaissais pas les chasseurs du village…

— Si vous ne chassez pas vous-mêmes, vous n'avez aucune chance de les connaître. Et même si c'est le cas, ce ne sera pas facile.

— Je n'ai jamais tenu une arme de ma vie. Je n'ai même pas fait mon service militaire, à l'époque, c'est dire… Et Gaston, il chasse ?

— Le propriétaire du bar ? Évidemment ! C'est le meilleur moyen pour lui de s'assurer une clientèle. »

Bon, faudra que je fasse au moins mine de m'intéresser à la question… Après tout, je devrais y arriver : ce n'est jamais qu'un sujet de reportage comme un autre. Et puis, après la battue organisée par Robert, ce sera peut-être plus facile…

Plus nous nous rapprochons du but de la course, plus je me sens envahi par l'excitation. Un mélange de plaisir, de doutes et d'appréhension. J'ai la sensation que, comme pour le père Pommier, le responsable de ce qui est arrivé à Manon est là, tout près. Si ça se trouve, comme Monsieur Thomas, je l'ai côtoyé tous les jours.

Enfin, les premiers panneaux indicateurs portant le nom du village apparaissent. Nous ne sommes plus très loin. Ma conductrice, qui est restée muette une bonne partie du trajet, devient étonnamment prolixe. Son enfance dans le secteur lui a apparemment laissé de nombreux souvenirs. Pour chaque hameau traversé, presque pour chaque maison sur le bord de la route, elle a une anecdote à raconter. Des gens à décrire…

Nous ne sommes plus qu'à quelques kilomètres du village et je sais que nous allons bientôt passer près du carrefour de la route du Puech Bas. Puisque j'ai sous la main une personne qui connaît bien la région et qui meurt d'envie de raconter tout ce qu'elle sait, c'est le moment d'en profiter.

« Et ce hameau, là, Puech Bas, vous le connaissez ? dis-je en montrant la route qui s'éloigne vers la forêt.

— Évidemment ! Quand j'étais petite, tous les enfants connaissaient le Puech Bas. C'était là qu'on allait pour le catéchisme.

— Le catéchisme ? Ça ne se faisait pas à la cure ?

— Non. C'était une vieille dame qui s'en chargeait, madame Carmes. Et comme elle avait du mal à se déplacer, c'était nous qui allions chez elle.

— Mais c'est complètement abandonné, cet endroit !

— Vous êtes allé voir ? s'étonne mon interlocutrice.

— Oui. »

J'hésite à dire que je me suis retrouvé là-bas par hasard, au cours d'une promenade, mais si elle discute avec quelqu'un au village, elle apprendra vite que c'est sur cette route-là que la voiture de Manon a été retrouvée. Et que donc je ne suis certainement pas passé là par hasard…

« En fait, je ne vous ai pas tout dit… Mon amie journaliste a disparu, il y a un peu plus d'une semaine. Elle rentrait à Paris en voiture et elle n'est jamais arrivée… C'est sur la route du Puech Bas que sa voiture a été retrouvée. Vide.

— Ah ben, ça, alors…

— Comme vous dites.

— Qu'est-ce qu'elle faisait à cet endroit-là ? La vieille madame Carmes est morte il y a une vingtaine d'années et depuis la maison est inhabitée. Je crois qu'elle avait des héritiers, mais qui habitent loin. Ils n'ont jamais mis les pieds dans la maison. En plus, c'est un cul-de-sac ; il n'y a aucune raison d'y aller en voiture.

— Surtout quand on vient de partir et qu'on va jusqu'à Paris ! »

Ça y est, nous sommes dans le village. À la vitesse réglementaire de 50 km/h, j'ai tout le temps de regarder les choses en détail, à la recherche de quelque changement qui se serait produit depuis mon départ, il y a deux jours. Mais j'ai beau scruter tout ce qui me passe devant les yeux, je ne remarque pas grand-chose.

À chaque carrefour, j'indique la direction à suivre à la conductrice. Elle suit mes indications sans broncher ni faire la moindre remarque jusqu'à ce que, se garant devant chez moi, elle s'exclame :

« Vous habitez juste à côté de chez ma mère !

— Votre mère ? Madame Laur, vous voulez dire ?

— Exactement !

— Eh bien, c'est elle qui a mes clés. Elle devait nourrir le chat en mon absence.

— Vous avez un chat ?

— J'ai récupéré celui de Clotilde Pommier.

— De Clotilde Pommier ? Mais il a disparu, après sa mort !

— Oui. Pendant dix ans, personne ne l'a vu au village. Et puis, au mois de juin, il a réapparu. En fait, personne n'en savait rien, mais il s'était réfugié chez Monsieur Thomas.

— Monsieur Thomas ? Mais quel rapport ?

— Monsieur Thomas était le père de Clotilde Pommier. Sa fille ne lui parlait plus depuis la mort de sa mère, quand elle avait 16 ans, mais il l'avait suivie pour pouvoir au moins la voir, à défaut de lui parler. Et sur la fin, quand le père Pommier est devenu violent avec elle, Clotilde a renoué avec son père. C'est elle qui lui a amené le chat, le jour où son mari a failli le tuer avec une boule de quilles de huit. »

Tout en parlant, je règle la course. Puis descends de voiture, et récupère mon sac dans le coffre. Mais quand je vais pour prendre congé de ma conductrice, elle m'arrête.

« Je vous accompagne chez ma mère. Ça va lui faire une sacrée surprise ! »

À mon coup de sonnette, j'entends le bruit d'une chaise dont les pieds raclent le carrelage. Madame Laur était sans doute assise dans sa cuisine. Pour le coup, je suis presque étonné : elle n'était donc pas derrière son rideau, le nez collé à la vitre.

Bientôt, j'entends le bruit de la clé qui tourne dans la serrure. Et la porte s'ouvre.

« Ah, c'est vous, monsieur Linard… Mais… Nathalie ? Qu'est-ce que tu fais là ?

— J'ai fait venir un taxi pour me ramener de Paris. Le hasard a voulu que ce soit votre fille qui me conduise.

— C'est vrai ? Pas possible ! Entrez ! Mais entrez donc ! »

Tout à coup, la brave dame rayonne. Après avoir fait claquer les trois bises réglementaires de ce coin d'Aveyron sur les joues de sa fille, elle nous englobe tous les deux dans un :

« Qu'est-ce que je suis contente de vous voir ! »

C'est pour le moins inattendu comme accueil. Enfin, pour moi, parce que pour ladite Nathalie qui m'a servi de chauffeur de taxi, il en va bien sûr tout autrement. Elle pose sur sa mère un regard plein de tendresse et m'en jette un autre d'excuse.

« Je ne viens pas aussi souvent que ma mère le voudrait, alors pour elle c'est toujours un événement. D'autant plus quand c'est inattendu.

— Ça… Si je m'attendais à ça ! Vous ne m'aviez pas prévenue de votre retour, aussi, monsieur Linard. »

Elle secoue son index tendu pour me tancer comme si j'étais un petit garçon.

« J'aurais pu ne pas être là pour vous rendre vos clés, vous savez !

— J'aurais attendu votre retour, dis-je en haussant les épaules. Ça n'aurait pas été bien grave.

— Quand même… C'est mieux quand on peut se fixer un rendez-vous. Qu'est-ce que je vous offre ? Un café ? Un petit apéritif ? Nathalie, tu restes manger, bien sûr !

— Eh non, Maman. Je suis désolée, mais ça ne va pas être possible. Ma journée n'est pas finie, tu sais.

— Ce n'est pas sérieux, voyons ! Dites-lui, vous, monsieur Linard, que c'est dangereux de reprendre la route aussi vite… Il faut qu'elle prenne le temps de faire une pause ! »

Je n'ai évidemment aucune envie de me retrouver pris entre madame Laur et sa fille. Encore moins envie de prendre parti pour l'une ou pour l'autre ! Alors, je tente une échappatoire.

« Si ça ne vous dérange pas, je voudrais surtout récupérer mes clés et rentrer chez moi. D'ailleurs, vous ne m'avez pas dit : ça s'est bien passé, avec le chat ?

— Oui, oui, pas de problème. Il mange bien. Il a vite compris que c'était moi qui allais le nourrir : chaque fois que j'ouvrais ma porte, il venait voir si j'allais remplir sa gamelle. Il est intelligent, cet animal !

— Je n'en reviens pas que personne ne l'ait vu pendant dix ans, intervient alors ma conductrice. »

Madame Laur marque un temps d'arrêt. Regarde sa fille, puis se tourne vers moi.

« Vous lui avez raconté ? »

J'opine du chef sobrement : je n'ai aucune envie de donner des détails ou de me lancer dans une discussion interminable ; je sais que l'heure de l'apéro approche et que bientôt je ne pourrai plus discuter tranquillement avec Gaston au bar. Mais madame Laur et sa fille n'ont manifestement pas du tout la même vision des choses. Elles me donnent même carrément l'impression d'avoir envie de m'entendre refaire toute l'enquête devant elle.

« Il m'a raconté en gros, déclare en effet Nathalie. Mais pas tout. N'empêche, c'est dingue, toute cette histoire ! Tu ne trouves pas, Maman ?

— Oh si... Mais on l'avait bien toujours pensé, de toute façon, que le coupable n'était pas loin.

— Vous en discutiez ? ne puis-je m'empêcher de demander.

— Bien sûr ! s'exclame madame Laur.

— Évidemment ! ajoute sa fille. Tout le monde, au village, en parlait. On se posait des questions, on cherchait qui pouvait avoir tué le père Pommier... Nous, dans la famille, on pensait surtout à un chasseur. Ils ont l'habitude de manier le couteau, quand ils tuent une bête et qu'ils ne la déclarent pas.

— Il n'y a pas qu'eux, précise sa mère. Tous les agriculteurs savent tuer un lapin, une brebis, ou même un cochon...

— De là à tuer un homme, quand même... Ce n'est pas tout à fait la même chose, non ? »

Ma question fait faire la moue aux deux femmes. Comme si, pour elles, il n'y avait pas tant de différence. J'en suis un peu surpris, pour ne pas dire secoué : si ces deux femmes (dont l'une est tout de même devenue très citadine) considèrent le meurtre d'un homme comme quelque chose de presque normal, je ne donne pas cher de la peau de Manon…

« Il t'a dit que son amie journaliste avait disparu il y a plus d'une semaine ? demande madame Laur à sa fille.

— Oui. Il me l'a dit. »

La jeune femme se tourne vers moi.

« Mais vous ne m'avez pas dit où en était l'enquête. Je suppose que les gendarmes se sont lancés à sa recherche ?

— Oui, mais sans succès pour l'instant.

— C'est pour ça qu'il est allé à Paris, précise ma voisine. Pour voir chez elle et à son travail s'il trouvait quelque chose qui puisse l'aider… Et vous avez trouvé quelque chose ?

— Malheureusement, non. Rien…

— Ça ne m'étonne pas. C'est dans le coin qu'il faut chercher. »

Elle a dit ça sur un tel ton d'évidence que j'en reste comme deux ronds de flan.

« Vous en êtes tellement sûre ?

— Ben oui, c'est logique. C'est pas à deux kilomètres de Paris qu'on a retrouvé sa voiture, mais à deux kilomètres d'ici. Et sur un bout de route que personne ne connaît en dehors des habitants du village. Alors y'a pas besoin d'avoir fait les grandes écoles pour comprendre que y'a quelqu'un du coin dans le coup.

— Quelqu'un qui sait que le Puech Bas est inhabité depuis des années, précise la Nathalie.

— Et qu'on n'y sera dérangé par personne, complète la mère. »

Tout ça, c'est bien gentil, mais ça ne me fait pas avancer beaucoup. Elles ne pourraient pas être plus précises, les deux détectives en herbe, là ? Après tout, autant leur demander directement.

« Vous avez une idée de qui ça pourrait être ? »

Les deux femmes se regardent un bon moment. J'ai la nette impression qu'elles ont en effet une petite idée. En tout cas, qu'elles ont quelque chose à dire. Mais qu'elles n'osent pas ou ne savent tout simplement pas comment le dire. Après tout, accuser quelqu'un, ce n'est pas si facile. Et si elles se trompaient du tout au tout ? Et puis, je ne suis pas d'ici ; il ne faut quand même pas l'oublier… On ne peut pas dire n'importe quoi à un étranger.

Finalement, la plus jeune se tourne vers moi. Elle hésite encore, mais finit par se lancer. Est-ce parce qu'elle vit en ville depuis une vingtaine d'années ? Parce que nous venons tout de même de passer une journée presque entière ensemble ? En tout cas, je vois dans ses yeux qu'elle se dit qu'elle peut s'autoriser à me dire ce qu'elle a sur le cœur.

« Je vous ai déjà dit tout à l'heure que je pensais qu'il s'agissait d'un homme. Plutôt costaud et qui sait faire des nœuds. »

Tout de suite, je l'interromps.

« Mais vous m'avez dit ça par rapport à Clotilde Pommier. Pas par rapport à Manon !

— Je sais.

— Alors quoi ? Putain, vous pensez que c'est le même gars qui s'en est pris à Clotilde Pommier et à Manon ?

— Ne me dites pas que ça ne vous a pas effleuré l'esprit… Vous n'êtes pas idiot à ce point, tout de même ! »

Silencieux, je regarde les deux femmes. Elles ne m'ont rien dit de bien précis, mais elles m'ont confirmé dans mon choix de direction à creuser. C'est finalement énorme. Mais je ne suis pas au bout de mes surprises.

« Avant Clotilde Pommier, il y a eu quelqu'un d'autre, ajoute tout à coup madame Laur.

— Comment ça, quelqu'un d'autre ?

— Une autre femme. Jeune. Qui venait de la région parisienne. C'était une espèce d'artiste peintre, avec un nom hollandais. Elle avait loué le Puech Bas aux enfants de la vieille madame Carmes.

— Le Puech Bas ? Mais vous m'avez dit qu'il était resté inhabité ! dis-je à Nathalie.

— C'est qu'on parle rarement de ce qui s'y est passé… s'excuse-t-elle.

— En tout cas, reprend sa mère, personne ne s'occupait vraiment de cette femme et elle venait rarement au village, alors on ne s'est pas inquiété de son absence. Et puis un jour, le facteur a eu un recommandé à lui faire signer. Il a fait tout le tour de la propriété en l'appelant, mais il n'a vu personne. Il allait repartir quand il a entendu du bruit dans une des dépendances. Il est allé voir et il est tombé sur un groupe de chats errants en train de dévorer un cadavre. C'était la femme en question. L'enquête a conclu à une mort naturelle, mais dans le village, il n'y a pas grand monde qui y a cru.

— Pourquoi ?

— On sait ce genre de chose. On le sent. »

Malgré moi, je pose la question qui me hante maintenant depuis plusieurs jours :

« Vous croyez que Manon a été tuée, elle aussi ? »

De nouveau, les deux femmes se regardent, s'interrogent du regard. Mais cette fois, c'est la mère qui parle la première, d'une voix étonnamment calme et douce.

« Je ne voudrais pas vous décourager, mais c'est bien possible… Cela dit, je n'en suis pas sûre. La première femme, personne ne se préoccupait d'elle : il était facile de la faire disparaître. Pour la seconde, Clotilde Pommier, ça se passait tellement mal avec son mari que sa mort a dû être un soulagement. Mais là, c'est différent : vous êtes là.

— Et alors ?

— Alors on sait que vous tenez à votre Manon. Et que vous n'êtes pas du genre à accepter la version officielle quand elle dit que personne n'est responsable.

— Vous voulez dire qu'on n'osera pas tuer Manon de peur que je ne mette tout en œuvre pour retrouver son meurtrier ?

— C'est exactement ce que ma mère veut dire. Tant que vous serez là et que vous montrerez que vous cherchez votre amie, la personne qui l'a enlevée n'osera sans doute pas se laisser aller à quelque chose de plus… définitif.

— Mais pourquoi l'a-t-on enlevée ? »

La fille de madame Laur écarte les mains en signe d'impuissance.

« Parce qu'elle dérangeait. Parce qu'on n'apprécie pas toujours les étrangères, surtout quand elles sont jeunes et jolies et qu'elles n'ont pas leur langue dans leur poche. Pour s'amuser. Parce que c'est un malade qui ne peut pas s'empêcher de s'en prendre aux femmes jeunes. Qui pourrait le dire ? On ne peut pas tout expliquer, vous savez. Quand vous l'aurez retrouvée, vous comprendrez sûrement. »

Dans mon cerveau, les informations que je viens de glaner se mélangent à celles que j'ai récoltées à Paris. Rien ne s'en dégage encore de façon très claire, mais l'hypothèse d'une seule et même espèce de tueur en série se dessine. Sans compter le fait qu'une Hollandaise ait été retrouvée morte justement près de l'endroit où Manon s'est volatilisée. Ce n'est sûrement pas une coïncidence. D'ailleurs, je n'ai jamais cru aux coïncidences…

« Vous êtes sûr que vous ne voulez pas boire quelque chose ? s'inquiète madame Laur.

— Ça vous ferait sûrement du bien, insiste sa fille.

— Bon, puisque vous insistez… Mais je ne veux pas boire tout seul ! »

Un peu comme à Paris chez la grand-mère de Manon, j'assiste alors à une espèce de ballet à quatre mains visant à mettre tout le nécessaire sur la table : des verres, des bouteilles, de quoi grignoter. Ici, on ne plaisante pas avec la nourriture. Il y a toujours deux ou trois plis de saucisse sèche prêts à être découpés en rondelles, du roquefort ou des fritons.

« Guignolet ou pastis ? demande madame Laur.

— Pastis, s'il vous plaît. »

Sans surprise, les deux femmes choisissent le guignolet.

Après avoir trinqué, nous buvons en silence. Sourcils froncés, je réfléchis à un plan d'attaque. J'ai pratiquement oublié mes deux compagnes d'apéro. C'est comme chez Gaston, quand, accoudé au bar, je me laisse aller à échafauder des plans : j'oublie tout ce qui m'entoure. Mais elles, en l'occurrence, ne perdent pas une miette de ce qui se passe.

« Qu'est-ce que vous allez faire ? demande la fille de madame Laur.

— Je crois que je vais commencer par aller faire un tour au Puech Bas. Un endroit isolé et inhabité depuis des années comme ça, c'est idéal pour retenir quelqu'un prisonnier, non ?

— Mais vous m'avez dit que vous y étiez déjà allé ?

— Oui, mais à l'époque je ne savais pas ce qui s'y était passé. Je ne connaissais pas l'histoire que vous m'avez racontée… Alors, je n'ai pas essayé d'entrer. Pourtant, c'est ce que j'aurais dû faire, dès la première fois. »

En une longue gorgée, je finis mon verre. Madame Laur se lève alors.

« Je vais vous rendre vos clés », dit-elle simplement.

Quand j'arrive devant ma porte, je devine plus que je ne vois un mouvement près de mes pieds. Je ne prends même pas la peine de jeter un œil par terre : je sais que c'est le chat. Il m'a vu ou m'a senti, je ne sais pas. En tout cas, il est là. Et il entre avec moi, dès que j'ai poussé la porte.

À l'intérieur, il y a une pile de courrier sur la table et des gamelles vides par terre. Madame Laur ne devait s'occuper que du chat ; manifestement, elle a aussi intercepté le facteur à chaque passage pour qu'il lui remette ce qui devait finir dans ma boîte à lettres. En l'occurrence, beaucoup de publicité.

J'ai beau communiquer surtout par courrier électronique, comme tous les journalistes et comme la plupart des gens aujourd'hui, j'ai l'âge de me souvenir de l'époque où on s'envoyait du courrier papier. Un vieux réflexe venu de ma plus tendre enfance me pousse donc à regarder les enveloppes qui ont été déposées chez moi pendant mon absence. Il n'y en a pas beaucoup. Trois, exactement. Ce qui n'est déjà pas si mal.

La première provient de la mairie. Une histoire de fosse septique à déconnecter pour assurer le bon fonctionnement de la toute nouvelle station d'épuration. La deuxième est d'EDF : c'est un courrier qui annonce la visite de la personne chargée de relever les compteurs. La troisième est extérieurement tout ce qu'il y a de plus neutre : adresse imprimée sur une étiquette blanche, enveloppe prétimbrée dotée d'une Marianne verte censée être plus économe et plus écologique. Sûrement une espèce de publicité qui veut donner l'impression d'être personnalisée.

Persuadé que l'enveloppe et son contenu vont très vite finir à la poubelle, je l'ouvre négligemment tout en parlant au chat qui s'est assis devant ses gamelles et me regarde d'un air accusateur.

« Qu'est-ce qu'il y a ? Tu vas pas me dire que tu meurs de faim, quand même ? Je suis sûr que la voisine t'a largement nourri. Sûrement plus que nécessaire ! »

Sans réponse de mon interlocuteur (mais comment s'en étonner quand on en est réduit à parler à son chat ?) je déplie le courrier contenu dans l'enveloppe. C'est une feuille de papier A4 toute simple, blanche, avec un texte imprimé au milieu. Mais pas n'importe quel texte…

Il n'y a qu'une dizaine de lignes, en gros caractères. Pour un peu, j'aurais mis la feuille à la poubelle sans même les lire. Mais un mot attire tout de suite mon attention. Un mot écrit en majuscules : MANON.

Le papier toujours en main, je m'approche du canapé, sur lequel je me laisse tomber. Le chat, qui trouve sans doute scandaleux que je m'éloigne encore plus de ses gamelles, me rejoint très vite, me saute sur les genoux et entreprend de me pétrir les cuisses de ses griffes à travers mon jean.

« Casse-toi, le chat ! C'est pas le moment ! »

Et sans plus de cérémonie, je l'envoie promener à terre. Boudeur, il s'assied alors devant moi, au milieu de la table basse, à l'endroit exact où je pose mes pieds lorsque je m'installe pour de bon au fond du canapé. Les yeux braqués sur moi, il est l'image même de la mauvaise conscience culpabilisatrice, mais je m'en fous comme de ma première beedie : les mots qui sont inscrits sur le papier monopolisent toute mon attention.

Quand on remue trop la merde, on finit par tomber dedans. C'est ce qui est arrivé à MANON. Les filles de la ville comme elle n'ont rien à faire ici. On n'en veut pas ! Elles nous pourrissent la vie ! Qu'elles restent à Paris !

Une fois, deux fois, dix fois, je retourne la feuille, la regarde dans tous les sens… Rien. Il n'y a rien de plus. Autant dire pas grand-chose. Et surtout rien de très logique : pourquoi demander « qu'elles restent à Paris » et enlever justement Manon au moment où elle allait y retourner ?

Cela dit, pour tout le monde, elle était ma femme. Enfin, ma copine, ma compagne, ma maîtresse (selon les gens et le vocabulaire préféré de chacun). En tout cas, elle vivait avec moi et il était évident qu'elle allait revenir.

Ce courrier tendrait à laisser croire qu'on l'a enlevée pour l'intimider et lui faire comprendre qu'elle ferait mieux de disparaître.

Jusque-là, ça se tient…

Mais pour que ça tienne vraiment la route, il faudrait penser à la libérer. Intimider quelqu'un, ça va bien pendant quelques heures. Éventuellement quelques jours. Là, on en est à huit. Ça commence à faire long.

Est-ce que l'intimidation aurait mal tourné ? Connaissant Manon, j'ai quand même un tout petit peu de mal à imaginer qu'elle se soit laissé kidnapper sans rien dire. Elle a dû se débattre, balancer son poing dans la gueule du mec qui l'a embarquée… Ça ne m'étonnerait pas non plus qu'elle lui ait filé un coup de pied dans les roustons. Moi, à la place du mec, ça m'aurait énervé… Et allez savoir ce qu'un mec énervé peut faire dans ce genre de situation…

Tâchant de retrouver un peu d'esprit d'analyse, je me concentre sur l'enveloppe. Prétimbrée, comme je disais. Avec un tampon de la poste de Rodez, daté du jour de mon départ pour Paris. À croire qu'on me surveillait…

Les filles de la ville comme elle n'ont rien à faire ici.

Apparemment, ce n'est pas vraiment Manon qui est visée, dans l'histoire. Ou plutôt, à travers elle, on s'en prend à toutes les autres, ces « filles de la ville ». Comme Clotilde Pommier et la Hollandaise.

Il faut que je trouve le point commun entre ces trois affaires. Enfin, en fait de point, il s'agit sûrement d'un mec. Le responsable d'au moins deux meurtres. Un gars tranquille et bien intégré puisqu'il se fait oublier régulièrement depuis plus de quinze ans.

Un bruit de moteur dans la rue me fait tendre l'oreille, lever mon cul du canapé et regarder ce qui se passe dehors.

Mon vieux, t'es en train de devenir un gars de la campagne : tu te mets à épier le monde depuis derrière tes rideaux… sauf que t'en as même pas, de rideaux !

C'est le taxi qui démarre. Madame Laur n'a pas réussi à convaincre sa fille de passer la nuit chez elle.

Tant que je suis debout, autant faire ce que je m'apprêtais à faire en entrant : nourrir le chat. Mes gestes sont quasi automatiques : c'est comme quand je me réveille, je navigue au radar, il ne faut pas me demander de raisonner.

Le chat, en tout cas, s'en fout que je sois sur pilote automatique ou en manuel. Lui, tout ce qu'il voit, c'est que des croquettes tombent dans l'une de ses gamelles, que de l'eau et du lait atterrissent dans l'autre. Me voilà réduit au rôle de distributeur automatique…

Bon, qu'est-ce que tu dirais d'aller chez Gaston, maintenant ?

Dehors, la nuit commence à tomber. C'est une bonne heure pour aller voir au bar ce qui s'y raconte. Mon sac est toujours posé là où je l'ai laissé tomber en arrivant, mais j'ai bien le temps de le vider. Ni une ni deux : me voilà parti.

Avant de sortir, je prends quand même le temps d'empocher la lettre mystérieuse et son enveloppe.

En arrivant près du bar, je détaille rapidement les clients avant de pousser la porte. Là, il y a cet instant infime, cette milliseconde où tout le monde tourne la tête pour voir qui est en train d'arriver, ce microsilence qui vous fait sauter un battement de cœur quand vous vous demandez quel accueil va vous être réservé.

Une hésitation plane dans l'air. Une espèce de gêne, que l'on recouvre vite de sourires et d'exclamations.

« Tiens, voilà le Parisien !

— Eh ben, déjà de retour de la capitale ? »

Une main levée en signe de salut général, je me dirige tranquillement vers ma place, au bout du bar. Professionnel jusqu'au bout des ongles, Gaston se contente d'un mot, celui que nous avons échangé le plus au cours de ces derniers mois :

« Bière ?

— Bière. »

Pour l'instant, la conversation ne va pas plus loin. Ce ne sera que plus tard, quand le Café des Sports se sera bien vidé, que nous en viendrons aux choses sérieuses.

« T'as trouvé quelque chose à Paris ? me demande alors Gaston de but en blanc.

— Ouais : la mère et la grand-mère de Manon.

— Te fous pas de moi. Je veux dire quelque chose d'intéressant. Qui pourrait t'aider à comprendre ce qui s'est passé et à retrouver ta copine.

— Non, rien. En fait, maintenant, je suis sûr que c'est ici qu'il faut chercher. Comme pour le père Pommier. Comme pour la Hollandaise, là, qu'on a retrouvée en tas de viande avariée au Puech Bas… »

Évidemment, je m'attendais à provoquer une réaction en mentionnant ce nouveau fait divers dont personne ne m'a jamais parlé en plus de six mois de fréquentation assidue des lieux, mais pas à ce point ! Car à peine ai-je fini ma phrase qu'un bruit de verre cassé et un juron sonore résonnent dans le bar.

Gaston, la main bien entaillée, tente d'arrêter la fuite de sang en faisant couler de l'eau froide sur sa paume. De l'autre côté du comptoir, des morceaux de verre jonchent désormais le sol.

« Eh ben, qu'est-ce qui t'arrive ? » fais-je ingénument.

Un grognement gêné me répond :

« Cette saloperie de verre m'a explosé dans les doigts… »

Nous ne sommes plus que tous les deux dans le bar ; Gaston a ramassé ses morceaux de verre et s'est fait un bandage de fortune avec un mouchoir. J'en profite pour pousser un peu mon avantage.

« C'est bizarre que personne m'ait parlé de cette histoire, au Puech Bas, il y a une quinzaine d'années…

— Ben, quelqu'un t'en a bien parlé puisque tu la connais, se défend le cafetier.

— Je la connais maintenant parce que je me suis intéressé au Puech Bas. Et je me suis intéressé au Puech Bas parce que c'est par là que Manon a disparu. Mais personne m'en a parlé ici. »

Je ne mens pas vraiment si on considère que « ici » représente le Café des Sports. Et puis, c'est un principe de base de tout journaliste qui se respecte : protéger ses sources. Je ne vais quand même pas vendre madame Laur et sa fille !

Je sens le pauvre Gaston un peu désemparé. Pour un peu, il me ferait pitié. Oh, certes, je ne l'ai pas mis en cause ! Pas directement. Mais vu le temps que j'ai passé à discuter avec lui dans son bar, vu tout ce que nous nous sommes raconté, et étant donné le nombre de fois que je lui ai dit que tout ce qui se passait (ou s'était passé) dans le village m'intéressait, il ne peut que se sentir visé par mon accusation voilée.

« Les histoires bizarres, on en a eu notre compte… grommelle-t-il.

— Ça, je peux comprendre… Mais l'affaire des époux Pommier, tout le monde en parle ! Alors, pourquoi pas celle de la Hollandaise ? Personne n'en a jamais dit le moindre mot. Pas un seul !

— Cette fille, personne la connaissait. Elle était pas d'ici. Ce qui lui est arrivé, ça intéresse personne.

— Mais c'est justement parce que personne connaissait cette fille que tout le monde devrait en parler ! Qu'est-ce qu'elle a donc de si particulier, cette affaire ?

— Elle est encore plus dégueulasse.

— Comment ça, dégueulasse ?

— Puisque tu sais tout, tu sais forcément dans quel état le corps était quand on l'a retrouvé ?

— Oui.

— Et tu trouves pas ça dégueulasse, toi, de finir dévoré par des chats ?

— Ben, c'est pas les chats qui l'ont tuée, non plus ! Eux, ils ont fait que bouffer une charogne qui traînait à leur portée.

— Qu'est-ce que t'en sais ? »

Toujours sur la défensive, le Gaston... Pour le coup, j'ai du mal à reconnaître le cafetier débonnaire et volontiers causant auquel j'ai affaire d'habitude.

« Les chats n'attaquent pas les humains, dis-je en détachant bien les mots. Même sauvages. La fille était forcément morte avant qu'ils s'en prennent à elle. »

Ma phrase est tellement pleine de bon sens que Gaston ne trouve rien à y redire. Logique. D'ailleurs, je mettrais ma main à couper qu'il y a eu une autopsie, qu'elle a confirmé que les dégâts causés par les chats avaient eu lieu post mortem, et que le corps était trop abîmé pour qu'on puisse déterminer avec certitude la cause du décès. Comme la fille vivait seule et que sa famille était restée en Hollande, toutes les conditions étaient réunies pour que le dossier finisse classé.

Comme celui de Clotilde Pommier.

Un nouveau matin se lève sans Manon. Sur la place qu'elle occupait dans le lit, le chat, roulé en boule, dort du sommeil du juste et du bienheureux. Je meurs d'envie de lui hurler dans les oreilles qu'il n'a rien à faire là et qu'il pourrait se préoccuper un peu de celle qui s'était attachée à lui, mais quelque chose me retient. Peut-être le souvenir de Manon et de ses « Mais laisse donc ce chat tranquille ! »

Le temps de me faire un café suffisamment corsé pour optimiser le fonctionnement de mes neurones, je me glisse hors de la maison. À la boulangerie, j'achète une baguette. À l'épicerie un saucisson et une grappe de raisins. J'enfourne le tout dans le sac à dos que j'ai pris avant de partir et qui contient déjà une bouteille d'eau et me dirige d'un bon pas vers le Puech Bas.

Au cas où, j'ai aussi mon appareil photo. Et bien sûr mon téléphone portable et un couteau. Un vrai MacGyver de cinéma.

Comme tous les matins, maintenant que l'été n'est plus qu'un lointain souvenir, les rues du village sont plutôt tranquilles. Sur la place, près de l'église, une silhouette attire malgré tout mon attention. Ce pas lent, un peu nonchalant. Cette silhouette inclinée vers l'avant. Cette casquette posée sur le haut du crâne… Il n'y a pas de doute à avoir : c'est Célestin. Mais Célestin sans son chien.

La curiosité me fait modifier un peu ma trajectoire pour m'approcher de lui. Son visage fermé, ses traits tirés m'incitent à entrer tout de suite dans le vif du sujet.

« Eh ben, Célestin, tu promènes pas ton chien ? »

Les mains dans le dos, le pauvre type garde les yeux obstinément baissés. Malgré moi, je me baisse pour tenter d'accrocher son regard.

« Célestin ? Qu'est-ce qui est arrivé à ton chien ? »

J'ai droit à un premier regard en coin, puis à une moue de petit garçon désolé. Enfin, Célestin se met à parler.

« Il va pas bien… Depuis qu'il a été endormi, il va pas bien.

— Endormi ? Qu'est-ce que tu veux dire ?

— Ben… Endormi. Comme quand on va se faire opérer.

— T'as fait opérer ton chien ? Chez le vétérinaire ?

— Non. C'était comme ça, pour voir… Parce qu'il fallait que le chien reste couché… »

Célestin n'est pas toujours très clair dans ses explications. Aussi, je ne me formalise pas plus que ça si ce qu'il dit n'a pas l'air cohérent du tout. D'ailleurs, il a manifestement surtout envie de continuer sa promenade. Mais j'ai à peine repris mon chemin qu'il m'arrête d'une question.

« Tu viendras, sur le terrain de quilles, cet après-midi ?

— Je sais pas encore. »

Mais devant l'air désemparé du brave gars, je me sens obligé d'ajouter quelque chose.

« Je suis pas sûr, mais je vais faire mon possible.

— Vrai ? Tu viendras ?

— Promis, Célestin. J'y serai. »

Le sourire qu'il me lance alors me convainc définitivement : je ne peux pas faire autrement que d'aller voir les joueurs de quilles s'entraîner. À croire que je suis devenu le nouveau Monsieur Thomas…

Jusqu'au carrefour vers le Puech Bas (et même jusqu'à ce que la route qui y mène s'enfonce dans la forêt) je marche d'un bon pas. D'abord parce que je n'ai rien à observer de particulier. Ensuite parce que moins de personnes me voient prendre cette direction, mieux c'est.

Surtout que maintenant que j'ai parlé de la Hollandaise à Gaston, on risque de m'avoir à l'œil. Et la route du Puech Bas aussi.

Enfin, les bruits de la route principale s'éloignent dans mon dos. La route descend et je rejoins le fameux virage de l'ancienne décharge. Par réflexe, je prends le temps de m'arrêter et de regarder un peu partout. Je prends même quelques photos. On ne sait jamais : peut-être qu'en les regardant, bien calé dans mon canapé, je remarquerai quelque chose que je ne vois pas en vrai.

Les traces de la voiture de Manon ne sont plus visibles. Et dans les broussailles, je ne vois rien de plus que le jour de la battue. J'en ressens une pointe de déception, pour ne pas dire d'inquiétude.

En même temps, avoue que tu t'attendais pas à autre chose…

Au Puech Bas, le portail est toujours aussi bancal. Et toujours fermé par un énorme cadenas. Je le regarde de plus près mais ne note rien d'anormal : la couche de saleté et de rouille mêlée qui le recouvre montre assez qu'il n'a pas servi depuis des années.

Méthodiquement, je fais le tour de la propriété. Ausculte toutes les ouvertures : de vieilles portes de grange, des fenêtres aux volets clos… Aucune n'a été ouverte récemment. Aucune ne présente de traces d'effraction. Il faut se rendre à l'évidence : personne n'est entré ici depuis des lustres.

Partant du principe que je réfléchis bien mieux l'estomac plein, je décide de me faire un sandwich avec ce que j'ai apporté. L'une des portes, à l'arrière du Puech Bas, est précédée d'une volée de quelques marches chauffées par le soleil de cette fin de matinée d'automne. Je m'y installe confortablement, le dos calé contre le bois, et mastique tranquillement mon saucisson.

C'est vraiment le trou du cul du monde, ici…

Tout autour de moi, il n'y a que de la forêt. La propriété du Puech Bas est installée au milieu d'une clairière, mais au-delà d'une zone de sécurité (ou de maraîchage) de quelques dizaines de mètres, ce ne sont plus qu'arbres divers et variés. Un taillis plus ou moins serré : la forêt, comme les terres autour de la propriété, ne doit pas avoir été exploitée depuis des années.

Laissant mon regard errer le long de la bordure de la forêt, j'ai tout à coup l'impression d'avoir repéré quelque chose. Un espace un peu plus dégagé. Comme une ouverture dans la futaie. Abandonnant mon sac à dos sur les marches, je m'approche. Il faut se rendre à l'évidence : un sentier s'ouvre devant moi. Une trace étroite mais bien marquée qui s'enfonce entre les arbres.

J'hésite un moment. Me retourne vers les bâtiments. Faut-il y entrer et les fouiller ? *A priori* non puisque rien ne permet de penser que quelqu'un y a pénétré. Ce sentier, par contre… Pour être visible comme il l'est, il a forcément été fréquenté récemment.

En quelques secondes, je rejoins les marches, enfile mon sac à dos, et tout en continuant à dévorer mon saucisson de plus belle, reprends la direction de la forêt.

Les traces s'enfoncent tout droit dans les arbres. Heureusement, les taillis ont manifestement poussé en liberté pendant des lustres. Suffisamment longtemps, en tout cas, pour que le passage d'un être humain en écrase une bonne partie, tout en cassant de multiples brindilles à hauteur de buste.

Et puis, j'ai beau être pour tout le monde le Parisien, j'ai grandi à la campagne. Les jeux de piste en forêt étaient l'une des rares activités de mon enfance et sont de ces choses qu'on n'oublie pas. Comme le vélo.

Dix minutes après être entré dans les bois, je commence à apercevoir la sortie. Les feuillages s'éclaircissent ; j'entends des coups de marteau. La question est : où vais-je arriver ? Comme je n'en ai aucune idée et que je ne veux pas prendre de risque, je ralentis un peu. D'abord, observer.

À quelques mètres à peine des bois, il y a une grande clôture. Plutôt une palissade : le genre de truc fait pour qu'on ne voie pas ce qui se passe derrière. Elle doit approcher les deux mètres de haut ; c'est dire si on n'a pas envie de faciliter la vie des curieux ! Je décide de la longer, sans quitter l'abri des arbres.

Comme j'ai débarqué plus ou moins au milieu, je dois parcourir une bonne vingtaine de mètres avant d'arriver au coin. Là, je découvre un chemin goudronné, qui coupe la forêt en deux comme la route du Puech Bas, qui vient je ne sais d'où et qui a l'air d'aboutir un peu plus loin dans une cour intérieure. Au bout de la palissade.

C'est apparemment un cul-de-sac, là aussi. Sans plus hésiter, je m'engage sur le chemin. Après tout, avec mon sac à dos, j'ai tout du promeneur du dimanche, même si on est au beau milieu de la semaine. Il est donc tout à fait plausible que je sois arrivé là par hasard, à la faveur d'une balade.

Plus j'approche de l'ouverture dans la palissade, plus les coups de marteau sont distincts. Aucun doute : il y a quelqu'un. Juste après, le goudron s'arrête et le chemin, qui a perdu la moitié de sa largeur, continue dans les bois. En bon touriste parisien paumé, il est tout à fait normal que je m'arrête pour demander mon chemin au quidam qui travaille dans la cour. Je passe donc le coin de la palissade d'un pas décidé. Mais ce que je vois m'arrête net dans mon élan.

Tatoué est en train de clouer le couvercle d'une grande boîte en bois qui ressemble tout à fait à un… cercueil !

Lui aussi m'a vu, et manifestement tout aussi surpris que moi, s'est arrêté, le bras en l'air.

« Qu'est-ce que tu fous là, le Parisien ? demande-t-il après avoir enlevé de sa bouche les clous qui y attendaient d'être enfoncés dans le bois.

— Je me promène. »

Cette fois, Tatoué pose son marteau sur le couvercle de sa boîte et s'approche de moi. Les poings sur les hanches, il me toise.

« Tu te fous de ma gueule ?

— Même pas. Tu vois, j'ai pris mon sac à dos et mon pique-nique. J'avais envie de prendre l'air. Je savais pas que cette route amenait chez toi.

— Qu'est-ce qui te dit que c'est chez moi ?

— Ben, ça paraît logique, non ? Puisque t'es là… »

Face à l'évidence, Tatoué préfère la fermer. De toute façon, je ne l'ai jamais vu très causant. Même sur le terrain de quilles de huit, où on ne se prive pas de commenter tout et n'importe quoi, il est plutôt du genre économe en salive. Pourtant, c'est quand même lui qui reprend la parole le premier.

« Qu'est-ce que tu veux ?

— Je me demandais… Si je continue le chemin, là, où est-ce que j'arrive ?

— Au village, pardi.

— Mais où ça, dans le village ?

— Derrière l'église. Sur la place Saint-Pierre.

— Et c'est plus court, ou plus long, que par la route ?

— Plus court. Mais on peut pas passer en voiture. C'est pour ça que c'est l'autre côté qui a été goudronné. Par là, il y a un ruisseau à passer et il y a juste une passerelle pour les piétons. À vélo ou à moto, ça va, mais même en quad ça passe pas. »

Mais c'est qu'il deviendrait presque causant, l'animal !

Profitant de sa (tout de même relative) bonne volonté, je m'aventure à le questionner.

« C'est quoi, cette boîte ? »

Aussitôt, Tatoué se renfrogne.

« Qu'est-ce que ça peut te foutre ? »

Et d'un grand coup de marteau rageur, il fait disparaître dans le bois la tête du clou qu'il était en train d'enfoncer quand je l'ai interrompu.

La prudence voudrait que je m'abstienne de la ramener et que je continue mon chemin, mais le large trou creusé dans la terre que je distingue à l'opposé de la cour intérieure dans laquelle nous nous trouvons me dissuade de tout départ précipité. Ce trou, avec un tas de terre juste à côté, et une pelle plantée dedans a tout de la tombe improvisée.

Une caisse en forme de cercueil, un trou en forme de tombe… Et Manon qui a disparu depuis près de dix jours. Il faut que j'en aie le cœur net.

« On dirait un cercueil, ta boîte.

— Et si c'était le cas, bougonne Tatoué, qu'est-ce que ça pourrait faire ?

— T'es en train de me dire que t'enterres quelqu'un dans ta cour ? »

Les yeux de l'homme qui me fait face sont aussi sombres, aussi impénétrables, aussi peu expressifs que lorsqu'il lance la boule sur les quilles. Tatoué, c'est un joueur de poker qui se serait évadé des casinos. On ne sait jamais ce qu'il pense. S'il bluffe ou pas. Malgré tout, je soutiens son regard. J'essaie d'analyser ce que je vois. Le plus vite possible.

Bon sang, Marc, fais gaffe ! Si c'est Manon qui est dans la boîte, je ne donne pas cher de ta peau !

Encore une fois, c'est Tatoué qui rompt le silence le premier.

« Ce qui t'intéresse vraiment, c'est pas de savoir si j'enterre quelqu'un. C'est de savoir ce qu'il y a dans cette boîte. Je me trompe ?

— Non. C'est exactement ça.

— Et… Tu penses à quelque chose ?

— À quelqu'un, plutôt. »

Cette fois, Tatoué ne peut pas s'empêcher de réagir. Il a un geste de recul. Levant les deux mains devant lui, il s'exclame aussitôt :

« Oh, là, du calme ! Je suis pas un assassin, moi ! »

Pour le coup, il a l'air tout ce qu'il y a de plus sincère et j'aurais plutôt tendance à le croire. Sauf que…

« Qu'est-ce qui me le prouve ? Elle est fermée, ta boîte ! Tu peux me raconter n'importe quoi. »

Tatoué hésite quelques secondes, puis se dirige vers le bâtiment voisin. C'est une espèce de grange, à l'intérieur de laquelle il disparaît. J'en profite pour regarder tout autour de moi. Les lieux ont un peu la même configuration que le Puech Bas. En moins riche. Mais là aussi, il y a plusieurs bâtiments. Une maison d'habitation, un hangar, la grange dans laquelle Tatoué est entré, et une série de dépendances qui s'étirent le long de la palissade qui jouxte la forêt.

Quand Tatoué réapparaît, armé d'un pied-de-biche, ma première réaction est de chercher mon téléphone dans la poche arrière de mon jean, prêt à composer le numéro d'appel des secours. Mais ce n'est pas pour me casser la gueule que Tatoué est allé chercher son engin, c'est pour faire sauter les clous qu'il vient d'enfoncer.

Calmement, méthodiquement, il fait le tour de sa boîte, du premier clou jusqu'au dernier. Décale le couvercle sur le côté et se tourne vers moi.

D'abord, je ne sais vraiment pas quoi penser. Parce que ce que je vois ressemble furieusement à un… linceul. C'est un tissu blanc, qui m'a tout l'air de recouvrir quelque chose. Un corps ?

« Regarde par toi-même », me dit Tatoué en montrant de la main l'intérieur de la boîte.

Méfiant, je m'approche tout en le surveillant. Après tout, il a toujours son pied-de-biche à la main !

« Fais pas ton parano, le Parisien… Je vais quand même pas t'exploser le crâne au milieu de ma cour !

— Ça, c'est toi qui le dis… Mais c'est rare qu'on annonce ce genre de truc à l'avance, non ? »

Tatoué lève les yeux au ciel et balance son pied-de-biche à plusieurs mètres.

« C'est bon, là ? T'as confiance, maintenant ? »

Je n'irais pas jusque-là… Disons quand même que je suis un peu plus tranquille !

Un œil toujours sur le maître des lieux, je me penche sur le tissu. En attrape un coin et le soulève. Une espèce de truc verdâtre apparaît. Comme un morceau de cuir, avec des dessins bizarres. La curiosité est trop forte ; elle me fait temporairement oublier Tatoué, qui me regarde faire. M'approchant un peu plus, j'attrape le tissu à deux mains et le déroule sur une bonne partie de la longueur.

« Nom de Dieu ! »

Ça alors, si je m'attendais à ça !

La surprise m'a fait faire un bond en arrière. Tatoué, qui s'attendait manifestement à une réaction de ce genre, n'a pas bougé d'un pouce. Il me regarde de son air impassible, sans un mot. Je m'approche de nouveau de la caisse, me penche. Me risque même à toucher ce qui se trouve dedans.

« C'est un vrai crocodile ? ne puis-je m'empêcher de demander.

— Un alligator, précise Tatoué.

— Crocodile, alligator, c'est la même chose !

— Pas du tout ! Ignare, va… Et ça se dit journaliste ! Les crocodiles et les alligators font partie de la même grande famille mais c'est pas du tout la même chose ! Les alligators ont le museau plus large que les crocodiles. Et ils sont nettement moins répandus : ils ne vivent qu'aux États-Unis, au Mexique et en Chine.

— T'en sais, des choses ! ne puis-je m'empêcher de remarquer.

— C'est ça, moque-toi…

— Mais qu'est-ce qu'il fout là, ton alligator, s'il est censé ne vivre qu'aux États-Unis, au Mexique et en Chine ? »

Tout à coup, Tatoué est nettement moins à son aise.

« Je l'ai acheté tout petit et je l'ai élevé ici.

— Ici ? »

Malgré moi, je regarde tout autour de moi.

« Mais c'est pas un endroit pour élever un crocodile ! Enfin, un alligator. Pour le coup, c'est vraiment pareil !

— Ici ou ailleurs, ça change rien, au contraire. Suffit de lui installer un enclos adapté, comme un terrarium géant, mais à l'intérieur pour qu'il ait suffisamment chaud. Et pour que ça soit plus discret, aussi !

— Pourquoi ? C'est interdit ?

— Non. Suffit d'avoir son certificat de capacité. Mais les gens apprécient moyennement ce genre de bébête. Alors quand t'en as une, t'évites de trop la montrer. »

Tout ça est bien beau, mais ça ne me dit pas comment il a atterri dans cette boîte, qui finalement, m'a tout l'air de bel et bien être un cercueil. La question est totalement idiote, mais je la pose quand même :

« Il est mort ? »

Tatoué lève les yeux au ciel.

« Non, il dort. »

Je ne relève pas la moquerie ; ce n'est pas le moment.

« Qu'est-ce qui lui est arrivé ?

— Je sais pas. Une espèce de virus… Il est mort hier après-midi. C'est bon, t'es content ? Je peux refermer ? »

Je hoche rapidement la tête.

« Vas-y. »

Sans plus attendre, Tatoué remet le couvercle en place et se remet à planter ses clous. Je le regarde faire un moment, puis me décide à faire demi-tour. Il est temps que j'aille à la découverte de la suite du chemin.

À peine sorti de la cour clôturée par la palissade, je me retrouve à nouveau dans les bois. Quelques mètres après la lisière, je me retourne pour jeter un dernier regard à l'endroit où Tatoué habite. L'ensemble des bâtiments est entouré par la palissade. De loin, ça a un air de camp retranché romain qui me fait sourire. Tout ça pour planquer un alligator…

Le chemin est agréable. Bien plus large que le sentier que j'ai suivi entre le Puech Bas et chez Tatoué. On sent qu'il est plus utilisé. Il doit y avoir des marcheurs qui s'y baladent à la belle saison. Ou des ramasseurs de champignons qui l'utilisent pour aller remplir leurs paniers.

Bientôt, j'entends le bruit d'un ruisseau. La forêt s'éclaircit à peine pour lui laisser le passage. Une passerelle est pourtant nécessaire, en effet, pour le traverser. Elle est en béton, large d'un petit mètre, sans rambarde. Comme la plupart des gens qui l'utilisent, sans doute, je m'arrête au milieu et m'accroupis. L'eau est claire. J'y distingue même quelques minuscules poissons qui frétillent. Pas de quoi affoler un pêcheur, mais suffisant pour amuser des enfants.

L'endroit me rappelle les alentours de la maison de mon grand-père, quand j'étais petit. Il habitait lui aussi une maison isolée, perdue dans les bois. Pour aller le voir, j'enfourchais mon vélo. Souvent, j'attachais un panier sur mon porte-bagages, pour rapporter ce que je pourrais récolter en cours de route ou près de chez lui : champignons, noix, noisettes, châtaignes, mûres, fraises des bois… Tous les multiples trésors simples que recèle la campagne.

Quand c'était la saison, j'emportais aussi une canne à pêche en bambou, un bout de fil, un bouchon de liège, quelques plombs et même un bout de laine rouge pour pêcher les grenouilles. Sans grand succès, il faut bien le dire ! Mais je m'en fichais. Mon grand-père aussi. Ce qui comptait, c'était le temps qu'on passait ensemble.

Mon vieux Marc, t'es en train de te la jouer nostalgique, là. Ressaisis-toi, mon gars ! C'est pas la nostalgie qui va te faire retrouver Manon.

De ce côté-ci, le village n'est effectivement pas bien loin : en moins de dix minutes, je quitte l'abri des arbres et débouche entre les maisons. La place Saint-Pierre est là, juste devant moi.

Je la traverse d'un pas décidé et prends la direction de chez moi, histoire d'y faire une pause (et de faire le point sur ce que j'ai découvert aujourd'hui) avant de rejoindre le terrain de quilles de huit. Je suis presque arrivé à la maison quand j'entends quelqu'un me héler.

« Oh, le Parisien ! »

Je me retourne. Tatoué est devant moi, assis sur sa vieille mobylette.

« Personne est au courant pour l'alligator. C'est pas la peine d'en parler.

— Et pourquoi j'en parlerais ?

— Va savoir… Chez Gaston, à l'heure de l'apéro, les langues parlent toutes seules, des fois. »

Je lève la main en signe de dénégation.

« Je dirai rien. »

Tatoué hoche la tête. Est-il soulagé ? Difficile à dire. Ce type est à peu près indéchiffrable.

« À tout à l'heure, au bord du terrain ! » conclut-il en s'éloignant.

Je le suis des yeux un moment. Pourquoi est-ce que je n'ai jamais vraiment fait attention à ce mec ? Il n'est pas aussi discret que Monsieur Thomas… Ou plus exactement : ce n'est pas la même discrétion. Il est plus… invisible. C'est ça, invisible. Il se fond dans le groupe, au point qu'on finit par oublier son identité. Jusqu'à présent, je n'avais vu en Tatoué qu'un joueur de quilles de huit parmi d'autres. Maintenant, je sais qu'il a quelque chose de particulier : ce n'est pas monsieur Tout-le-Monde qui se lance dans l'élevage d'un alligator…

Son tatouage s'explique aussi. Ce n'est sûrement pas, comme je le croyais, un crocodile ! D'ailleurs, je me rends compte que je n'ai jamais entendu Tatoué reprendre qui que ce soit à ce sujet. Comme s'il voulait éviter de montrer qu'il s'y connaît en reptiles.

En arrivant près de chez moi, quelques secondes plus tard, je me heurte presque à madame Laur. Elle qui m'ignorait pratiquement jusque-là me voit manifestement d'un autre œil depuis que je suis revenu de Paris en compagnie de sa fille. Je finis même par la trouver un rien collante. Alors que je me creuse la cervelle pour trouver une raison de lui échapper, un bruit vif nous fait tourner la tête à tous les deux. C'est une sorte de claquement et ça vient de la maison.

« Il y a quelqu'un chez vous ? demande madame Laur.

— Non. En tout cas, il devrait pas ! »

Porte-clés déjà en main, je me précipite sur la porte d'entrée. Insère la clé dans la serrure le plus vite possible (mais comme toujours, c'est quand on est pressé que les choses vont de travers…) et pénètre dans la maison. La porte qui sépare la pièce principale de la chambre est ouverte, mais c'est normal : je ne la ferme jamais.

Ce qui est moins normal, c'est que la fenêtre de la chambre, celle qui donne sur la petite place à l'arrière de la maison, soit ouverte en grand… et que des morceaux de verre soient éparpillés par terre au pied du lit.

Quant au sac de voyage que je n'avais pas pris la peine de vider la veille au soir, il est renversé, tout son contenu étalé sur le sol.

Madame Laur, qui m'a suivi (en gardant malgré tout une petite distance de sécurité) fronce les sourcils.

« Quelqu'un est entré par la fenêtre ! s'exclame-t-elle.

— On dirait, oui… »

Mentalement, je fais la liste de ce que mon sac contenait. Manque-t-il quelque chose ? Distraitement, je ramasse ce qui traîne : des fringues, des paquets de beedies, des journaux…

Mon ordi ! Putain, où est passé mon ordi ?

Me relevant comme un diable surgissant de sa boîte, je manque de faire faire une crise cardiaque à ma voisine, mais sur le coup je m'en fiche. Heureusement, un coup d'œil sur la table basse, devant le canapé, me rassure tout de suite : mon ordinateur est toujours là. Pourtant, qu'on soit entré chez moi pour voler du matériel ou pour chercher des informations, c'est lui qui aurait dû partir.

Le fait qu'il soit toujours là et qu'on ait pris la peine de farfouiller dans mon sac m'amène à penser qu'on cherchait autre chose. Mais quoi ?

« Il faut prévenir la gendarmerie ! » déclare madame Laur.

L'idée ne déclenche pas mon enthousiasme, c'est le moins qu'on puisse dire. Je n'ai en effet aucune envie d'attirer l'attention des gendarmes sur moi. Déjà qu'ils m'ont vaguement à l'œil comme suspect potentiel… Je ne tiens pas à aggraver mon cas ! Mais ma voisine insiste.

« On vous a cassé la vitre, quand même ! Il faut faire une déclaration.

— Vous croyez ? À mon avis, ça sert pas à grand-chose. Il manque rien ; alors pour retrouver celui qui est entré… Et puis, c'est sûrement juste un petit jeune qui savait pas quoi faire de son après-midi… Il n'y a pas de quoi fouetter un chat ! »

Tiens, d'ailleurs, le chat, où est-ce qu'il est ?

Madame Laur n'a pas l'air d'approuver ma position, mais elle devine qu'elle a peu de chances de me faire changer d'avis et préfère prendre congé. Ma main à couper que dans dix minutes, l'épicière saura ce qui s'est passé. Dans vingt minutes, ce sera au tour de Gaston. Et quand j'arriverai sur le terrain de quilles, tout à l'heure, tout ce que le village compte d'autochtones pur jus aura eu connaissance de la visite que j'ai reçue. Encore mieux que le téléphone arabe !

En attendant, je ferais bien de ramasser les bouts de verre qui traînent partout. Car s'il y en a surtout par terre, certains ont volé jusque sur le lit. Leur position ne laisse d'ailleurs aucun doute sur ce qui s'est passé : on a bien cassé la vitre depuis l'extérieur. Et le moins qu'on puisse dire, c'est qu'on n'y est pas allé de main morte.

Armé d'une balayette je m'applique à ne rien oublier. À quatre pattes par terre, je ratisse large, jusque sous le lit. C'est alors que je remarque quelque chose. Au beau milieu du lit. Une espèce de grosse boule.

Qu'est-ce que c'est que ce truc ? J'ai jamais rien planqué sous le lit !

En y regardant de plus près, je remarque que la boule est une boule de poils, dotée d'oreilles et de deux yeux verts fendus de pupilles en amande.

« Eh ben, le chat, qu'est-ce que tu fous là-dessous ? »

Non seulement l'animal n'émet pas la moindre réponse (même pas le plus petit miaulement) mais en plus il refuse obstinément de bouger. J'ai beau l'appeler, développer des trésors d'imagination et de cajolerie dont je ne me serais jamais cru capable, tout juste le vois-je s'aplatir un peu plus, comme s'il tentait de disparaître dans le sol. C'est bien simple : il a l'air complètement terrorisé.

Qu'est-ce qui a bien pu se passer pour qu'il soit dans cet état-là ?

Quand j'arrive au terrain de quilles, l'entraînement a déjà commencé. J'ai passé tellement de temps à essayer de faire sortir le chat de sous le lit que je suis arrivé en retard. Enfin, en retard… Ce n'est quand même pas comme si j'avais rendez-vous !

N'empêche que mon arrivée ne passe pas inaperçue. Sur le terrain, on arrête même carrément de jouer. On hésite, on discute un chouïa… et puis on se remet au boulot : on n'est quand même pas là pour rigoler.

D'ailleurs, je préfère ça : je veux pouvoir observer tranquillement, sans être dérangé par les conversations. Quand les mecs sont occupés à jouer, ils oublient complètement que je suis là, assis sur mon banc, et ça me permet de les observer dans leur milieu naturel. Dit comme ça, ça fait un peu safari photo chez les sauvages, mais c'est surtout très journalistique comme attitude.

Célestin est toujours aussi bon au lancer. Je ne me lasse pas de le regarder. Une telle maîtrise du geste chez un mec aussi gauche d'habitude a quelque chose de surréaliste. Parce qu'il n'y a pas à dire : dès qu'il n'a plus la boule en main, il donne l'impression de ne plus savoir quoi faire de ses bras.

Tatoué n'a pas la même classe, mais il se défend pas mal, quand même. D'ailleurs, je remarque que les deux jouent souvent ensemble. Ils font partie de la même équipe. Comment se fait-il que je ne l'aie pas remarqué plus tôt ?

Qu'est-ce que ces deux-là peuvent bien avoir en commun ?

Plus j'y fais attention, plus je remarque une sorte de connivence entre eux. Ils se regardent. Ne se parlent pas particulièrement, mais échangent des hochements de tête ou des signes pour montrer les quilles à viser en priorité. C'est comme si... Mais oui ! Tatoué est le cerveau et Célestin les jambes. Enfin, en l'occurrence, plutôt les mains.

Lorsqu'ils ne jouent ni l'un ni l'autre et qu'ils sont au bord du terrain, ils sont côte à côte. Pas plus loquaces, mais là encore, en y regardant de près, ils échangent de nombreux gestes.

Chez Gaston, comme toujours après l'entraînement, on enfile les pastis comme des perles. Pour ma part, je préfère en rester à la bière.

Célestin n'est pas venu. Depuis que son chien ne sort plus de chez lui, il n'est plus tout à fait le même. Déjà qu'il n'était pas facile à comprendre avant ; maintenant, ça tient de la haute voltige. Quand il se met à remonter la rue, devant le café, les mains dans le dos et l'air préoccupé, je me tourne vers Gaston.

« Qu'est-ce qui lui arrive, à Célestin ?

— Va savoir... Apparemment, son chien va pas bien. Et Célestin, son chien, c'est tout ce qu'il a dans la vie. S'il le perd, ça va pas être facile. »

La phrase résonne dans ma mémoire. C'était il y a quelques jours : Célestin se demandait ce que cela me faisait d'avoir perdu Manon. Pour essayer de comprendre, il avait tenté d'imaginer ce que lui ferait la disparition de son chien. Pourquoi cette question ? Sur le coup, je me suis dit qu'il s'inquiétait pour moi. Mais s'il y avait autre chose derrière ce qui ressemblait à une question anodine ?

Après tout, Célestin est un mec costaud. Qui sait parfaitement faire des nœuds. Et qui aurait certainement pu imposer sa force à Manon pour l'emmener quelque part…

Mais Célestin n'est pas assez organisé pour planifier un enlèvement. Surtout un enlèvement aussi propre, avec aucune espèce de trace visible, aussi bien dans la voiture de Manon que près de l'ancienne décharge.

L'image de Célestin sur le terrain de quilles me revient. Célestin à côté de Tatoué.

« Dis voir, Gaston, qu'est-ce qu'il fait dans la vie, Tatoué ?

— Il bosse à l'usine, à Rodez.

— L'usine où Célestin bossait aussi ?

— Oui, s'étonne l'autre. Comment tu sais ça ?

— Je le savais pas. C'est juste que j'ai remarqué qu'ils jouaient souvent ensemble, aux quilles. Comme s'ils se connaissaient. »

Gaston approuve.

« Ils se sont connus à l'usine. Je crois que Tatoué a un peu pris Célestin sous son aile, pour éviter qu'il se fasse trop emmerder. Et Célestin a trouvé une maison à Tatoué.

— Il habite où ?

— À La Vayssière. C'est de l'autre côté de la place Saint-Pierre, à dix minutes à pied par les chemins. Sinon, par la route, faut faire tout le tour. C'est vachement plus long. C'est pour ça qu'il vient toujours à mobylette : on peut pas prendre le raccourci en voiture. »

Gaston se penche un peu au-dessus du bar, comme il le fait toujours quand il va dire quelque chose qui ne doit pas trop être répété ou qui frise la rumeur malveillante.

« On s'est toujours demandé pourquoi il avait loué cette baraque. C'est immense comme endroit pour un mec seul.

— Il a pas de famille ?

— Pas qu'on sache. Ni femme, ni enfants. Mais on sait pas grand-chose de lui, en fait. Je crois bien que personne est jamais allé chez lui…

— On sait qu'il joue aux quilles, fais-je remarquer.

— C'est vrai, approuve Gaston en reprenant son attitude normale derrière son bar. Pas mal, d'ailleurs. »

Histoire de bien assimiler tout ce que je viens d'entendre, je prends le temps d'avaler une ou deux gorgées avant de continuer.

« Il loue sa maison, tu dis ?

— Oui. À Attila.

— Attila ? Le coiffeur ? »

Gaston lève les yeux au ciel.

« T'en connais beaucoup, des gars qui s'appellent Attila ? Évidemment que c'est le coiffeur !

— Mais il est pas d'ici. Il est arrivé de Hongrie, non ?

— Oui. La Vayssière, c'était la ferme des parents de l'ancien coiffeur, le père Valat.

— Et c'est lui qui l'a léguée à Attila ?

— Tout juste. Quand il est mort, il lui a tout laissé : la ferme et le salon de coiffure.

— Ben dis donc, il l'avait vraiment adopté…

— Adopté, adopté… Apparemment, c’était pas tout à fait ça !

— C’était quoi, alors ? »

Gaston fait la moue.

« Deux mecs ensemble, dans un salon de coiffure… » lâche-t-il d’un air un peu dégoûté.

Le pire, c’est que je ne comprends pas tout de suite ce qu’il veut dire. Bon, à ma décharge, ces sous-entendus manquent cruellement de clarté !

« Tu veux dire que le père Valat était homo ?

— En tout cas, c’est ce qui s’est dit à l’époque. D’ailleurs, personne a jamais vu Attila avec une femme non plus… »

Tout cela est bien intéressant, mais nous éloigne quelque peu de mon sujet d’investigation.

« Et… Pour en revenir à Tatoué, il y a longtemps qu’il s’est installé dans le coin ? »

Gaston réfléchit un moment en se grattant le menton. Puis il compte sur ses doigts.

« Ça doit faire une vingtaine d’années, maintenant. »

Mentalement, je compte aussi. Tatoué était donc déjà dans le secteur quand la Hollandaise a été retrouvée morte.

Petit à petit, l’idée d’un lien entre les trois affaires s’est imposée à moi. Merci, madame Laur et sa fille ! Pourtant, ça n’a rien d’évident. Les trois situations sont différentes. Certes, la Hollandaise, Clotilde Pommier et Manon ont des points communs : leur âge, leur origine citadine… Mais il y a aussi des divergences entre elles : quand la première était totalement seule, la deuxième était mariée à un enfant du pays, et la troisième est la copine (comme tout le monde dit) d'un étranger au village.

Il y a aussi cette visite chez moi tout à l'heure. D'ailleurs, c'est bizarre que personne ne m'en ait parlé… Mais à peine ai-je le temps de me faire cette réflexion que Gaston se penche de nouveau au-dessus de son comptoir.

« Dis donc, le Parisien… Paraît que quelqu'un est entré chez toi, cet après-midi ? »

Je le regarde un moment sans rien dire avant de répondre de mon ton le plus laconique.

« Comment tu sais ça ?

— Oh, tu sais comment c'est, ici, répond Gaston avec un geste large de la main : tout se sait !

— Effectivement, quelqu'un est entré.

— Et… Tu sais qui ?

— Ben non. Comment veux-tu que je sache ?

— Je sais pas, moi… T'as l'air plutôt bon, comme enquêteur. T'as peut-être trouvé quelque chose. Un indice… »

Je suis peut-être pas mauvais, comme enquêteur, mais toi, mon vieux, t'es pas très discret dans ta façon de poser des questions !

« Non, rien. Il y avait du verre cassé partout dans la chambre, mon sac avait été fouillé, mais il manquait rien et on n'a rien laissé non plus. »

Le pire, c'est que je ne mens même pas. Enfin, si, un peu. Par omission : je ne parle pas du comportement bizarre du chat. Gaston ne se laisse pas abattre.

« C'est quand même bizarre, non, que quelqu'un entre justement chez toi ?

— Qu'est-ce que tu veux dire par là ?

— Ben… Les gens qui entrent par effraction dans une maison, c'est pas courant chez nous. On n'est pas à Paris ! Et comme par hasard, ça tombe chez toi… Alors que ta copine est dans la nature, on sait pas où… »

Tout d'un coup, je n'aime pas du tout la façon dont sa voix se charge de sous-entendus. Histoire d'en avoir vraiment le cœur net, je l'encourage :

« Vas-y, continue…

— Je sais pas, moi… Qu'est-ce qu'on peut bien chercher chez toi ? À part quelque chose qui montrerait que t'es peut-être pour quelque chose dans la disparition de ta copine ? À force de fouiner dans la vie du père Pommier, qu'est-ce qui nous dit que t'es pas devenu comme lui ? Toi aussi, t'as une femme trop jeune pour toi. Toi non plus, t'aimes pas qu'on la regarde de trop près…

— Et ?

— Et toi aussi, t'as peut-être voulu régler le problème en la faisant disparaître. Sauf que t'as pas de grange dans laquelle la pendre. »

Je sais qu'on ne connaît jamais vraiment les gens et qu'on peut avoir de sacrées surprises, mais quand même, s'il y en a un ici que je ne voyais pas m'accuser aussi franchement, c'est bien Gaston. Quelque part, je me sens blessé. Et c'est sans doute cette sensation amère de ne pas être compris qui me pousse à l'ouvrir un peu trop.

« Et si on était plutôt venu pour tenter de récupérer ça ? » dis-je en exhibant l'enveloppe que j'ai reçue.

Aussitôt, Gaston se montre très intéressé. Il fait carrément le tour du comptoir pour essayer de me prendre la lettre des mains.

« C'est quoi ? Fais voir !

— Oh, là ! Bas les pattes ! fais-je, surpris par la rapidité de la réaction. C'est personnel.

— Allez… Si tu voulais pas que je te pose des questions, fallait pas en parler ! »

Bien vu, l'aveugle. D'ailleurs, je regrette déjà de l'avoir fait…

« C'est une lettre qui est arrivée chez moi pendant que j'étais à Paris.

— Et elle dit quoi, cette lettre ?

— Qu'à force de remuer la merde, Manon a fini par tomber dedans. Que les filles de la ville, comme elle, *on* n'en veut pas et qu'elles devraient rester à Paris. »

Mine de rien, le Gaston a l'air d'accuser le coup. Comme s'il trouvait qu'*on* est allé un peu loin. Mais un peu loin dans quelle direction ? À moi de trouver.

« Les filles de la ville, ça vise aussi Clotilde Pommier, je suppose ?

— Peut-être, dit-il en haussant les épaules.

— Et la Hollandaise du Puech Bas. »

Cette fois, Gaston me tourne le dos. Il repasse de l'autre côté du bar et se met à essuyer des verres.

« T'es en train de tout mélanger, le Parisien. Tu deviens parano, avec cette histoire.

— J'essaie de comprendre. En tout cas, une chose est sûre : fait pas bon être une jeune et jolie fille dans ce pays !

— Tu racontes n'importe quoi. Ce qui s'est passé au Puech Bas… c'était un accident. Clotilde Pommier, c'est sûrement son mari qui a pété les plombs et qui l'a pendue dans sa grange. Et ta copine… Ta copine, pour l'instant, personne sait ce qui lui est arrivé, mais c'est sûrement pas un accident… et c'est sûrement pas toi non plus.

— Tiens, t'as changé d'avis ? Il y a deux secondes, tu m'accusais presque d'avoir fait disparaître Manon.

— C'était avant que tu me parles de cette lettre. Celui qui t'a envoyé ça est sûrement le vrai responsable.

— C'est ce que je me dis aussi. »

La logique voudrait que je prévienne la gendarmerie. Pour la fenêtre cassée et la lettre. Et que je les laisse faire leur boulot, avec les moyens dont ils disposent. Mais c'est plus fort que moi : il faut que je mène l'enquête. On n'efface pas si facilement toute une carrière dans le journalisme.

Comme j'enfourne la lettre dans la poche intérieure de mon blouson, Gaston enfonce le clou.

« Tu devrais prévenir les gendarmes.

— Je devrais surtout rentrer chez moi, dis-je en me levant. À demain, Gaston !

— À demain, le Parisien. Et fais gaffe, quand même... »

Avec la tombée de la nuit, les rues sont devenues quasiment désertes et je ne m'attends pas à croiser âme qui vive quand, au coin d'une rue, une voix me fait sursauter.

« Toujours là, le Parisien ? »

Appuyé contre le mur, dans l'encoignure d'une maison, Thierry me toise. Dans la pénombre, il m'est impossible de voir son expression ; seule l'extrémité rougeoyante de sa cigarette est visible. Mais tout, dans son attitude, respire la menace contenue.

« Et pourquoi je serais pas là ? réponds-je.

— À ton avis ! ricane l'autre. Avec ta copine qui a disparu, tu pourrais avoir envie de mettre tes miches à l'abri.

— Je devrais avoir peur ?

— Tu pourrais, en tout cas. Un malheur est si vite arrivé… Sans compter que dans ce patelin, il y a jamais eu grand-monde pour voler au secours des étrangers. »

Thierry écrase sa cigarette et s'approche de moi. Les yeux braqués sur les miens, tellement proche que je peux sentir son souffle sur mon visage, il semble me jauger.

Qu'est-ce qu'il croit ? Que je vais me laisser impressionner ? Il sait pas à qui il a affaire !

Les secondes passent, interminables, et je dois mobiliser tout mon amour-propre pour ne pas détacher mon regard de celui de mon vis-à-vis. Tout à coup, Thierry sourit.

«Bonne nuit, le Parisien. Fais de beaux rêves!» lance-t-il avant de s'éloigner d'un pas traînant.

Le soupir de soulagement qui m'échappe dure tellement longtemps que je me fais l'effet d'être un ballon de baudruche…

Enfin, je rejoins ma maison. Celle que je considère comme telle. En approchant, je ralentis mon pas et me fais le plus discret possible. Oreille tendue, je vérifie que personne ne se trouve à l'intérieur avant d'insérer la clé dans la serrure.

Rien n'a changé depuis tout à l'heure. Sauf que la température s'est un peu rafraîchie. Pas étonnant avec un carreau cassé… Il faudra que je m'occupe de cela au plus tôt.

Le temps de faire chauffer l'une des nombreuses pizzas surgelées dont j'ai rempli le congélateur et je m'installe à mon poste favori : sur le canapé. Pizza et ordinateur posés côte à côte sur la table basse, je peux nourrir mon estomac et mon intellect en même temps. Il ne manque que…

Le chat ! Où est passé ce putain de chat ?

La maison est toujours aussi petite et je ne mets pas longtemps à en faire le tour. Aucune trace du chat nulle part. Pourtant, quand je suis sorti, il était là. Il était même très exactement sous le lit.

Pris d'un doute, je retourne dans la chambre et m'accroupis à côté du lit. Le chat est toujours dessous. En plein milieu. La seule différence par rapport à tout à l'heure, c'est qu'à côté de lui il y a une flaque.

« Putain, le chat, t'aurais pu aller pisser ailleurs ! »

Comme plus tôt dans l'après-midi, j'ai beau user de tous les stratagèmes imaginables pour essayer de le faire sortir de son abri, rien n'y fait : l'animal refuse de bouger. Dans l'entrée, ses gamelles n'ont pas été touchées. Je décide de les utiliser pour essayer de le faire venir, mais j'ai beau les faire tinter sur le carrelage, appeler la bestiole à qui mieux mieux, rien ne se passe.

En désespoir de cause, j'apporte les gamelles dans la chambre, à côté du lit. Le chat semble se décoller un peu du sol, je vois ses moustaches frémir, mais il n'ose toujours pas bouger. Ce n'est que lorsque je me résigne à pousser les gamelles sous le lit qu'il se déplace enfin, à mouvements lents, avant de se mettre à dévorer ses croquettes comme s'il n'avait rien mangé depuis quinze jours.

Bon sang, mais qu'est-ce qui s'est passé ? Qu'est-ce qu'il a vu ?

Assis par terre, à regarder le chat manger, je me dis que la pauvre bête a décidément une histoire compliquée. Chouchouté par sa maîtresse, détesté par le mari de cette dernière, mis à l'abri par le père de la première… également assassin du deuxième…

Qu'est-ce que Monsieur Thomas nous avait raconté, déjà ? Ah oui, la nuit de la mort de sa fille, il avait trouvé le chat sous son lit. L'animal avait l'air terrorisé. Au point qu'il n'avait plus voulu sortir de chez lui pendant des années.

Terrorisé. C'est exactement de ça que le chat a l'air aujourd'hui. Est-ce qu'il aurait vu quelque chose (ou quelqu'un) qui lui aurait rappelé ce qu'il a vécu quand il était tout jeune ? Me voilà bien si le seul témoin que j'ai reliant les affaires Clotilde Pommier et Manon Gauthier est un chat !

Quand il a fini de se nourrir, l'animal retrouve sa place, au beau milieu du lit, mais à quelques dizaines de centimètres de la flaque qu'il a laissée. Il a peut-être peur, mais il a bien compris que là où il est on n'arrivera pas à l'attraper. Et tout ça fait d'autant moins mon affaire que je n'ai aucune envie de dormir dans une pièce qui sent la pisse de chat…

Résigné, je me décide à aller prendre la panosse qui traîne dans la cuisine. Il faut que je nettoie ce truc. Pour y arriver, une seule solution : déplacer le lit. Quand j'attrape le côté du sommier pour le faire coulisser, une sorte de grondement sort de sous le matelas : le chat, poil hérissé, dos arrondi (enfin, autant que le lui permet la faible hauteur de l'endroit où il se trouve) me met en garde.

« Dis donc, mon coco, c'est pas après moi qu'il faut en avoir ! »

La pièce est tellement petite (et la flaque d'urine tellement bien centrée sous le lit) que je n'arrive pas à déplacer le meuble suffisamment pour dégager l'endroit à nettoyer. Qu'à cela ne tienne : la panosse est dotée d'un manche à balai, je devrais pouvoir arriver jusque-là. Méfiant quand même, je préfère rester à bonne distance, au cas où le chat décide de défendre avec un peu plus de vigueur ce qu'il considère désormais comme son territoire.

Bien m'en prend car à peine ai-je glissé la panosse sous le lit que deux pattes griffues se retrouvent plantées dedans. Un peu sur la défensive, la bébête ! Je me sens obligé de tenter de le rassurer.

« Du calme, je veux juste nettoyer tes saloperies… »

Mais essayez donc de faire entendre raison à un chat… Déjà quand ils sont de bonne humeur, ils ont tendance à n'en faire qu'à leur tête, alors quand ils sont complètement déboussolés, aucune chance qu'ils écoutent ce qu'on leur dit. En l'occurrence, il n'y a qu'une chose à faire : me résigner à passer la panosse avec un chat accroché dessus.

Heureusement que la tache n'est pas bien grande. Mais j'ai comme l'impression que ce ne sera pas la dernière.

« Si je comprends bien, va falloir que j'investisse dans une litière… »

Le temps de remettre les choses en ordre (et de vérifier que le chat a repris sa place, bien au centre du lit), de scotcher un bout de carton à la place du carreau cassé (ce sera toujours mieux que rien), je retrouve mon canapé, mon ordi et ma pizza. Froide. Tant pis ; j'ai la flemme de la faire chauffer à nouveau. J'ai un puzzle à tenter de reconstituer.

Récapitulons… D'un côté, j'ai trois femmes pour lesquelles les choses ont plus ou moins mal tourné dans le village.

D'un autre côté, j'ai Tatoué, qui commence à devenir intéressant : il habite tout près du Puech Bas, un sentier prouve qu'on s'est rendu récemment d'un lieu à l'autre, il vit seul et plutôt en marge, bien qu'il joue aux quilles.

Ensuite, j'ai Thierry : toujours menaçant, le chat terrorisé et la visite de la maison. Ce dernier point est un élément déterminant, à n'en pas douter. Qui a sûrement un lien avec la lettre arrivée pendant mon absence. Quelque chose me dit que c'est ça qu'on est venu chercher. Qu'on a voulu faire disparaître. Comme si on avait changé d'avis après l'avoir envoyée et qu'on se soit dit que c'était une mauvaise idée.

Ressortant l'enveloppe de la poche de mon blouson, où je l'ai rangée tout à l'heure, chez Gaston, je l'examine de plus près. Aucun signe distinctif. Le tampon de la poste de Rodez. Un texte imprimé. Il y a peut-être des empreintes digitales, mais je n'ai pas les moyens nécessaires pour les relever, alors il va falloir faire sans.

Qui va à Rodez ? De nouveau, le nom de Tatoué s'impose : si Célestin est désormais à la retraite, Tatoué, lui, continue de travailler à l'usine. Il a très bien pu poster la lettre. Mais il n'est pas le seul non plus : dans le village, quasiment tout le monde va à Rodez au moins une fois par semaine.

En plus, il ne pouvait pas être chez moi juste avant que je découvre le carreau cassé : il était de l'autre côté de la maison, dans la rue, avec moi, trente secondes avant que je n'arrive sur place.

Mais pourquoi Gaston avait-il l'air tellement mal à l'aise quand je lui ai parlé du Puech Bas ? Est-ce qu'il serait lié, d'une façon ou d'une autre, à l'histoire de la Hollandaise ?

Je ne vais quand même pas me mettre à soupçonner tout le monde !

Essayons d'abord de raccrocher les wagons entre les affaires Clotilde Pommier et Manon. Apparemment, c'est la parution de l'article de Manon qui a déclenché la suite. Quelqu'un n'a pas apprécié. Mais qui ? Et pourquoi ?

Au contraire de bien d'autres, Tatoué n'a jamais montré le moindre intérêt pour l'histoire des époux

Pommier. *A priori*, ce n'est pas son genre de s'occuper de ce que font les autres. Ce qui paraît logique : c'est encore comme cela qu'on attire le moins l'intérêt des autres sur soi. Avec son alligator à la maison, il n'avait évidemment pas envie de se faire remarquer !

Gaston, c'est tout le contraire : il adore être au courant (et parler) de tout. Mais il passe tellement de temps derrière son comptoir que j'ai du mal à l'imaginer trouver du temps pour faire autre chose. Quoique… La fille de madame Laur m'a dit qu'il chassait. Lui aussi connaît forcément tous les sentiers de la région. D'ailleurs, quand je lui ai demandé où Tatoué habitait, il m'a spontanément parlé du raccourci qui mène de chez lui à la place Saint-Pierre… Et puis, à l'heure où Manon a disparu, le bar était fermé.

Célestin… Célestin aimait le père Pommier parce qu'il lui avait appris à jouer aux quilles de huit. Personne, avant lui, n'avait pris la peine de le faire. Personne n'avait imaginé que Célestin puisse être assez dégourdi pour viser juste. Ce qui reliait Célestin à son mentor relevait sans doute plus de l'adoration béate que de l'amitié virile. Autant dire que savoir que les mauvais traitements infligés par le père Pommier à sa femme étaient exposés au grand jour à cause de Manon avait de quoi déplaire à Célestin.

Et après ?

Bon, je crois qu'on verra demain, pour la suite…

Au réveil, après avoir passé une partie de la nuit à rêver que des chats tentaient de me dévorer (sans doute un scénario imaginé par mon cerveau fatigué à partir de l'histoire de la jeune Hollandaise dont le corps a été dévoré par des chats et de l'image de celui qui n'a pas bougé de sous mon lit) je suis bien décidé à éclaircir une autre histoire : celle du chien de Célestin.

L'autre jour, je n'ai pas compris grand-chose à ce qu'il m'a raconté, mais j'ai retenu un truc : son chien a été endormi pour qu'il ne bouge pas. Et ça, ce n'est sûrement pas Célestin qui l'a voulu puisque la seule activité qu'il ait, en dehors des quilles, c'est de promener son chien.

Trouver Célestin le matin a toujours été facile : il suffit d'aller, justement, vers le terrain de quilles ; c'est là qu'il promène son chien. Mais si celui-ci ne sort plus ? Dans le doute, je me rends quand même au terrain : peut-être que mû par la force de l'habitude, Célestin y sera.

Bingo !

Assis sur un banc (pas celui de Monsieur Thomas ; un autre), les coudes posés sur les cuisses, les mains croisées et la mine sombre, Célestin attend. Quoi ? Lui seul le sait. Je fais mine d'être arrivé là par hasard et m'approche de lui.

« Eh ben, Célestin, ça a pas l'air d'aller !

— Si, si… répond-il sans conviction. Ça va.

— Et ton chien ? Il est pas avec toi ? »

Son visage semble s'assombrir encore plus.

« Non. »

Décidément, il n'est pas bavard, aujourd'hui… J'insiste.

« Il va pas mieux ? »

Cette fois, je n'ai même pas de réponse. Juste un déplacement de sa tête de gauche à droite et de droite à gauche. Compatissant, je m'assieds à côté de Célestin et pose une main sur son épaule.

« Qu'est-ce qui lui arrive, à ton chien ? Il est malade ?

— Je sais pas, finit-il par lâcher. Avant qu'il soit endormi, il allait bien. Mais depuis, c'est comme s'il arrivait pas vraiment à se réveiller. Il a les yeux ouverts, mais il arrive à peine à marcher : il fait trois pas et il retombe par terre. Je peux plus me promener avec lui…

— Mais pourquoi il a été endormi ? Et par qui ? »

D'abord, Célestin ne dit rien. Comme s'il n'avait pas entendu la question ou comme s'il n'avait tout simplement pas envie d'y répondre. Et puis, petit à petit, je le vois se décomposer. Quand il ouvre à nouveau la bouche, il est au bord des larmes.

« Il fallait qu'il ait l'air de dormir, tu comprends ?

— Ben, non. En fait, je comprends même rien du tout...

— Mon chien, il fallait qu'il ait l'air de dormir. Mais c'était tôt le matin. Il était tout content de partir faire une grande promenade. Alors quand on lui a demandé de se coucher par terre, il l'a pas fait. Il voulait pas ! »

Maintenant, les mains de Célestin ont l'air d'être animées d'une vie propre. Elles bougent en tous sens, au point qu'il faut même que je me recule sur le banc : pour un peu, je me ferais assommer !

« Calme-toi, Célestin ! Je comprends rien à ce que tu dis ! D'abord, c'est qui, nous ?

— Ben, nous deux : moi et Tatoué.

— Vous avez demandé à ton chien de se coucher par terre ?

— Oui ! Mais il a pas voulu ! Lui, ce qu'il voulait, c'était continuer à se promener. Alors, Tatoué, il a dit qu'il s'en chargeait, qu'il savait quoi faire... Il m'a demandé d'aller au bord de la route, comme on avait dit... Et puis, quand je suis arrivé, après, mon chien, il était là, couché au milieu de la route, et il bougeait plus. C'était comme s'il était mort ! Je l'ai porté jusqu'à chez moi et ça a pas été facile : il est lourd ! Après, j'ai attendu. Des heures... Il a fini par se réveiller un peu, mais pas complètement. L'après-midi, quand j'ai vu Tatoué aux quilles, il m'a dit que ça arrivait parfois, mais qu'il fallait pas s'affoler, que tout finirait par s'arranger et qu'il redeviendrait comme avant... »

Célestin se tourne tout à coup vers moi. La colère déforme ses traits.

« Mais c'est pas vrai ! Il est pas du tout comme avant, mon chien ! Et tout ça, c'est de la faute à Tatoué. Tout ! »

En l'observant du coin de l'œil, je lui laisse le temps de se calmer. Ce n'est pas que je sois spécialement peureux, mais quelque chose me dit qu'un Célestin en colère, ça peut faire mal. Il n'y a qu'à voir comment il manipule les quilles et la boule quand il est calme... Si l'envie lui prenait de taper sur quelqu'un à coup de quilles ou de dégommer quelqu'un avec la boule, je pense qu'on aurait droit à un joli paquet de viande hachée !

Petit à petit, je vois Célestin se recroqueviller sur son banc. Se voûter. Quand il pousse un long soupir, je pense que je peux lui poser une question sans trop de risques.

« Tu ne m'as pas dit : pourquoi vous vouliez qu'il se couche par terre, ton chien ?

— Pour qu'elle s'arrête et qu'elle aille voir.

— Elle ? C'est qui, elle ? »

Mais avant que Célestin ne puisse répondre, un bruit de course nous fait nous retourner tous les deux. Des gamins arrivent en courant sur le terrain de quilles. Ils jouent à se tirer dessus. L'un d'eux hurle : « 22, v'là les flics ! » en montrant une fourgonnette bleue qui approche.

Qu'est-ce qui se passe, encore ?

Du véhicule qui vient de se garer, deux fonctionnaires descendent. Un troisième reste au volant, au cas où. Et Célestin réalise en même temps que moi que les deux gendarmes se dirigent droit sur nous. Nous échangeons un regard. J'imagine qu'il a la même question que moi en tête : lequel de nous deux viennent-ils voir ?

Le plus âgé des deux (sans doute le plus gradé ; c'est comme ça que ça fonctionne, d'habitude) prend la parole le premier. Il me regarde droit dans les yeux :

« Monsieur Linard ?

— Oui, c'est moi.

— Vous voulez bien nous suivre, s'il vous plaît ?

— Pourquoi ?

— Nous avons quelques questions à vous poser. »

Je regarde Célestin en haussant les sourcils et les épaules.

« Je suppose que je n'ai pas trop le choix… Si je ne suis pas là cet après-midi pour l'entraînement, tu sauras pourquoi ! »

Une fois dans la fourgonnette, je me permets quand même de me renseigner.

« Vous m'emmenez où ?

— Chez vous, répond celui qui s'est adressé à moi tout à l'heure.

— Chez moi ? Et pourquoi ça ?

— Il paraît que vous avez été victime d'une violation de domicile. »

Je ne peux pas retenir un soupir d'agacement.

« C'est ma voisine qui vous a prévenus ? Quelle bavarde, celle-là !

— Peu importe qui nous a prévenus, monsieur Linard. La seule question qui compte est : est-ce vrai ?

— Oui, c'est vrai… Mais franchement, il n'y avait pas de quoi vous faire déplacer : un carreau cassé, un sac déballé par terre… Il n'y a pas de quoi fouetter un chat.

— Étant donné la situation, nous préférons quand même nous déplacer.

— Quelle situation ? »

Mon agacement a dû percer dans ma voix. Le gars me regarde un moment, puis lance :

« Monsieur Linard, vous n'avez pas l'air de vous en souvenir, mais vous êtes témoin dans une affaire de disparition inquiétante.

— Témoin ou suspect ? ne puis-je m'empêcher de demander.

— Témoin. Mais il ne faudrait pas que vous vous transformiez en victime. »

Pour le coup, je reste muet pendant quelques secondes. Le temps d'intégrer ce que sous-entendent ces derniers mots.

Qu'est-ce qu'ils s'imaginent ? Qu'on va m'enlever, moi aussi ? C'est idiot.

Quand la fourgonnette se gare devant chez moi, le facteur est justement en train de faire signer un papier à ma voisine. Pour la discrétion, c'est on ne peut plus raté. Bon, je ne descends pas du véhicule avec des menottes aux poignets, mais quand même : ça fait toujours désordre d'être accompagné de ce genre de fonctionnaires.

Sur le coup, j'hésite entre deux attitudes : dire bonjour franchement et sans complexes pour obliger mes témoins involontaires (mais certainement ravis) à me regarder ou les ignorer complètement. Très vite, je choisis la seconde option : je ne pense pas que je serais capable de saluer madame Laur sans montrer mon énervement. Or on ne sait jamais comment cela pourrait être interprété.

Dans ce genre de situation, il vaut mieux s'astreindre à une seule règle simple : en montrer et en dire le moins possible...

C'est donc sans un mot et sans un regard pour les deux personnes qui ne perdent pas une miette de ce qui m'arrive que j'enfonce la clé dans la serrure et ouvre ma porte.

Comme tout à l'heure, au terrain de quilles, un gendarme est resté au volant. Les deux autres me suivent à l'intérieur et je remercie intérieurement le second de penser à fermer la porte derrière lui...

« Vous pouvez nous montrer ? me demande toujours le même (à croire que lui seul sait parler dans l'équipe...)

— Il n'y a pas grand-chose à voir, vous savez : j'ai ramassé les morceaux de verre et rangé le contenu de mon sac.

— C'est un tort, fait remarquer le plus jeune. »

Ah, tiens, il sait parler, finalement !

« Expliquez-nous quand même. Dites-nous comment c'était quand vous êtes entré.

— C'est simple : le carreau de la vitre avait été cassé et il y avait du verre un peu partout. Là, près de la porte, mon sac de voyage avait été mis sens dessus dessous… Et c'est tout. On ne m'a rien pris.

— Vous êtes sûr ?

— Certain. Vous pensez bien que j'ai vérifié !

— Vous auriez pu oublier quelque chose… »

Je me suis déjà posé la question plusieurs fois, bien sûr, mais le type a raison : j'aurais pu oublier de vérifier quelque chose. Mentalement, je me repasse en boucle le contenu de mon sac… Non, vraiment, rien n'a été pris.

« Et dans les placards ? »

Le flic se sent obligé de préciser sa pensée :

« Le sac vidé de son contenu, cela peut être un moyen de faire diversion. De vous obliger à vous focaliser sur autre chose que ce que la personne est venue chercher. »

Pas con, en effet. La vérité m'oblige à dire que je n'avais pas envisagé les choses sous cet angle. Du coup, me voilà en train de vérifier le contenu de tous les placards et tiroirs de la maison. Même le meuble de la salle de bains y passe. Derrière moi, les deux gendarmes observent sans dire un mot.

« Alors ? demande le plus jeune, me voyant planté au milieu du salon, les mains sur les hanches.

— Alors, je ne vois pas… Je vous assure, je ne vois rien qui aurait pu être emporté.

— Et parmi les affaires de mademoiselle Gauthier ? » se risque à préciser le jeune gendarme.

Les affaires de mademoiselle Gauthier, tu as dû remarquer qu'il n'y en avait pas beaucoup dans la maison… Ou alors, tu ferais mieux de changer de boulot !

Bon, comme j'estime qu'il vaut mieux exprimer les choses différemment, j'y vais un peu plus doucement.

« Comme vous avez pu vous en rendre compte, il n'y a pas grand-chose qui appartient à mademoiselle Gauthier dans la maison.

— Mais vous viviez ensemble ?

— Oui et non. Elle passait toute la semaine à Paris, dans son appartement, et ne me rejoignait que le week-end. Nous avons surtout travaillé ensemble.

— Travaillé ? Vous voulez dire que vous étiez venus ici uniquement pour tenter d'expliquer le meurtre de monsieur Pommier ?

— En effet. Sans cette histoire, nous ne nous serions jamais installés ici. »

Mes deux fonctionnaires se regardent un moment. Puis, c'est au tour du plus âgé de reprendre la parole.

« Et maintenant que vous avez résolu l'affaire, vous avez prévu de retourner à Paris ? »

Tout à coup, je n'ai plus du tout envie de jouer à monsieur Linard ou même de rester sur la défensive. J'opte sans aucune arrière-pensée pour la franchise.

« Non. J'ai décidé de rester ici. Vous n'allez peut-être pas me croire, mais je me suis attaché à ce village. À ces gens. Je n'ai aucune envie de retourner à Paris. D'ailleurs, rien ne m'y rappelle : avant de venir ici, j'ai vendu mon appartement. »

Mon accès de franchise semble avoir pour effet de provoquer la même chose chez mon interlocuteur.

« Je vous comprends. Moi-même, je ne suis pas du tout originaire d'ici. Et si j'ai eu du mal à m'adapter au départ, aujourd'hui, je n'envisage absolument plus de demander ma mutation. »

Mis en confiance, je me retrouve à parler de ce dont je ne voulais surtout pas toucher un mot l'instant d'avant : la lettre que j'ai reçue.

« En fait, je crois savoir ce que mon mystérieux visiteur cherchait en venant chez moi…

— Ah oui ? s'intéresse le plus jeune. Et quoi donc ?

— Une lettre.

— Quel genre de lettre ?

— Une lettre comme celle-là, dis-je en sortant l'enveloppe de la poche intérieure de mon blouson.

— Faites voir. »

Les deux compères se penchent en même temps sur la feuille de papier que j'ai photographiée et sauvegardée sur mon ordinateur depuis la veille. Depuis que j'ai compris qu'elle intéressait quelqu'un. J'observe leur visage, mais ils sont manifestement habitués à ne rien laisser paraître. Bien malin qui saurait dire ce qui leur traverse l'esprit en ce moment. Ils pourraient tout aussi bien penser à ce qu'ils vont manger en rentrant chez eux !

« Nous allons devoir prendre cette lettre, monsieur Linard, dit simplement le plus âgé.

— Je m'en doutais un peu, fais-je, fataliste.

— Quand l'avez-vous reçue ? demande le plus jeune.

— Je l'ai trouvée au courrier en revenant de Paris, il y a deux jours. Elle était arrivée pendant mon absence. »

Au regard que mes deux loustics échangent, cette fois, je n'ai aucun doute sur ce qui leur traverse l'esprit. D'ailleurs, le plus âgé ne tarde pas à me poser l'inévitable question :

« Et… Vous n'avez pas jugé bon de nous prévenir ? »

La franchise, c'est bien beau. C'est noble et tout ce qu'on veut. N'empêche qu'il y a des moments et des situations où c'est surtout un excellent moyen de se foutre dans la merde. Qu'est-ce que je peux leur répondre, à mes deux schtroumpfs ? Que je n'ai pas confiance en leur capacité à résoudre une enquête correctement ? Que je préfère travailler en solo derrière leur dos ?

Pour le coup, un soupçon de mauvaise foi me permet d'arranger l'affaire.

« Je n'ai pas pris la chose très au sérieux, il faut dire…

— Vous m'étonnez, monsieur Linard. Vous avez montré un peu plus de jugeote jusqu'ici. »

Mais c'est qu'il serait vexant, le bleu !

« Qu'est-ce que vous voulez dire par là, monsieur l'agent ?

— Je suis sûr que vous voyez tout à fait ce que je veux dire, s'agace l'autre. Cette lettre vous disculpe complètement. Le premier réflexe de n'importe qui d'autre aurait été de nous la remettre aussitôt. Alors pourquoi, vous, ne l'avez-vous pas fait ? »

Quitte à me ridiculiser, autant aller jusqu'au bout. Je fais mine de m'étonner :

« Voyons, monsieur l'agent, ne me dites pas que vous m'avez sérieusement suspecté !

— Et pourquoi pas ? Vous savez ce qu'on dit : le conjoint est toujours le premier suspect.

— Sauf que je ne suis pas le conjoint de Manon. Tout au plus le…

— Collègue, oui, je sais ! Maintenant, dites-moi, monsieur Linard, si vous ne l'avez pas prise au sérieux, cette lettre, pourquoi pensez-vous que c'est elle qu'on est venu chercher chez vous ?

— C'est-à-dire… Au début, je ne l'ai pas prise au sérieux. Mais après, quand j'ai vu qu'on avait fouillé dans mes affaires et qu'on n'avait rien pris… Et quand j'ai vu la tête de Gaston quand je la lui ai montrée…

— Gaston ?

— Le patron du Café des Sports. C'est tout juste s'il m'a pas arraché l'enveloppe des mains quand je la lui ai montrée ! Forcément, ça m'a mis la puce à l'oreille. »

Comme moi avant eux, mes deux interlocuteurs tournent et retournent la feuille dans tous les sens, auscultent l'enveloppe à la loupe.

« Vous avez vu ça ? dit le plus jeune en montrant un passage du texte.

— Quoi ? ne puis-je m'empêcher de demander.

— Cette référence aux filles de la ville. »

L'enthousiasme me gagne tout à coup. Oubliant complètement à qui j'ai affaire, je me laisse aller à dérouler le fil de mes pensées… Comme je le faisais avec Manon.

« Les filles de la ville, ça englobe forcément Manon et Clotilde Pommier. Mais à mon avis, ça englobe aussi la Hollandaise qui était venue s'installer au Puech Bas.

Ça sous-entendrait qu'il y a un lien entre les trois affaires… et pas grand-chose d'accidentel ou de suicidaire dans tout ça ! »

Manifestement, je ne suis pas le seul à m'être renseigné sur le Puech Bas car le jeunot me répond du tac au tac.

« On n'a jamais rien trouvé qui puisse conclure au meurtre, ni au Puech Bas ni pour madame Pommier.

— D'accord… Mais on n'a jamais vraiment réussi à prouver le contraire non plus !

— Dites-moi, monsieur Linard, puisque vous allez l'air d'être bien renseigné et d'avoir bien réfléchi à tout cela, qui pourrait bien être en cause ? s'intéresse l'ancien.

— Ben… C'est là que ça se complique… finis-je par avouer.

— Et que notre aide pourrait bien être la bienvenue.

— Peut-être bien, en effet… »

Si on m'avait dit qu'un jour je ferais cette réponse à un flic… Mon vieux Marc, tu sais quoi ? T'as vraiment bien fait de prendre ta retraite…

Un peu déboussolé, je me laisse tomber sur le canapé, à ma place habituelle. Le plus âgé des gendarmes attrape une chaise et vient s'asseoir devant moi.

« Si vous nous disiez jusqu'où vos recherches vous ont mené ? Nous pourrions peut-être confronter nos résultats…

— Qu'est-ce qui vous dit que j'ai fait des recherches ?

— Monsieur Linard ! sourit mon interlocuteur. Vous n'êtes pas homme à rester ici sans rien faire quand votre amie (pardon : votre collègue) a disparu depuis dix jours ! Vous avez forcément réfléchi. Cherché ce qui avait pu se passer. Posé des questions ici ou là… »

J'hésite un moment, puis je me dis que seul, je risque de ne pas aller bien loin. Et puis, il a une bonne tête, mon schtroumpf en uniforme. Je décide de lui faire confiance et me mets à tout lui raconter. Ma balade au Puech Bas. Le sentier qui m'a mené jusque chez Tatoué. La complicité qui a l'air de le lier à Célestin.

« Ce Célestin, c'est l'homme qui était avec vous sur le banc ?

— Oui. Il est un peu benêt, mais c'est le meilleur joueur de quilles de huit du village.

— Et vous parliez de quoi, avec lui, quand on vous a trouvés ?

— De son chien. Il me racontait que son chien n'allait pas bien depuis qu'il avait été endormi.

— Endormi ? Pour quoi faire ?

— Ben, c'est justement ce que j'étais en train de lui demander quand vous êtes arrivés ! »

Le plus âgé des gendarmes jette un œil à sa montre. Moi aussi, du coup. Il est midi.

« C'est à quelle heure, cet entraînement dont vous parliez ?

— Cet après-midi. À 15 h.

— Vous y serez. Et vous essaierez d'obtenir une réponse à cette question. Nous, pendant ce temps, nous irons faire un tour du côté du Puech Bas et de la Vayssière. »

Bon sang, Marc, tu te rends compte : te voilà devenu collègue des flics !

« Et le bandana ? dis-je. Il vous a appris quelque chose ?

— Rien, malheureusement. Nous y avons bien retrouvé des cheveux appartenant à mademoiselle Gauthier, mais aucune trace de quelqu'un d'autre. »

Les deux compères ont déjà rejoint la porte quand je me décide à poser une dernière question.

« Vous croyez qu'elle est toujours vivante ? »

Les deux se regardent avant de me faire face.

« Rien n'est perdu, monsieur Linard. Il faut garder espoir », dit simplement le plus vieux des deux.

Et ça ne me rassure pas du tout…

Dès 14 h 30, je prends la direction du terrain de quilles. Ça ne coûte rien d'arriver un peu en avance, surtout quand on a eu la visite des forces de l'ordre chez soi. Quand mes deux gendarmes ont quitté la maison, j'ai bien vu le mouvement des rideaux chez madame Laur… et comme par hasard, Célestin qui tournait le coin de la rue pour rentrer chez lui.

On a surveillé ce qui se passait.

Le fait que la fourgonnette de gendarmerie soit repartie sans moi est forcément positif : on ne laisse pas un coupable en liberté. Quoique… En y réfléchissant bien (au village, en tout cas) c'est une règle qui se discute. Mais bon, si j'arrive en avance, cela va permettre à ceux qui en ont envie de venir me poser des questions. Rien que pour ça, ça vaut le coup. Question de curiosité intellectuelle.

Ma lettre anonyme n'est plus dans la poche de mon blouson, mais son texte est gravé dans ma mémoire. Les tournures de phrase sont simples, mais correctes. Le document a été imprimé. Célestin ne peut pas en être à l'origine. Tatoué ? Peut-être. Je ne sais pas exactement ce qu'il fait à l'usine. Gaston ? Sûrement. Il en est tout à fait capable. Ce qui ne signifie pas pour autant que ce soit lui…

Tout en réfléchissant, je m'approche de mon banc. Hésite à m'asseoir. Décide finalement d'aller saluer les joueurs avant qu'ils ne se mettent sérieusement au travail.

« Salut, les gars ! dis-je avant de commencer un tour complet de poignées de main.

— Salut, le Parisien. Ça va ?

— Les condés t'ont pas embarqué ?

— Non. Pourquoi ? Ils auraient dû ?

— Ben, en général, quand ils se déplacent, c'est pas pour rien…

— C'était pas pour rien : c'était pour me poser des questions.

— Et tu leur as répondu ?

— Ben oui. »

Un silence flotte. J'imagine la question qui trotte dans toutes les têtes présentes : qu'est-ce que cet abruti de Parisien a bien pu encore raconter sur nous ?

« Et maintenant ? s'aventure un gars.

— Maintenant, je viens vous regarder jouer. Faut pas perdre les bonnes habitudes ! »

Devant mon manque manifeste d'envie d'en dire plus, autant en effet se mettre aux choses sérieuses. Les quilles sont prestement mises en place et des équipes formées ; les boules sont distribuées…

L'été, il y avait toujours des badauds autour du terrain. Maintenant que l'automne est bien avancé et les journées plus fraîches, on ne se bat pas au portillon. On peut même dire que je suis tout seul. Avec nostalgie, je repense aux après-midi que j'ai passés sur ce banc avec

Monsieur Thomas, à l'époque où je ne savais pas encore qu'il était le père de Clotilde Pommier et qu'il avait égorgé le mari de sa fille. Le vieil homme portait un réel intérêt aux quilles de huit. Comme moi, il avait découvert ce sport après son arrivée au village. Et comme moi, il avait été impressionné par l'adresse des joueurs.

« À toi, Célestin ! »

Justement, en parlant de l'adresse des joueurs… Voilà le meilleur lanceur de toute l'équipe.

Du regard, je cherche Tatoué. Il doit être en train d'observer Célestin, prêt à lui adresser l'un de ses petits signes à peine visibles. Mais je ne le vois nulle part. Où est-il donc passé ? À peine ai-je le temps de me poser la question qu'une silhouette apparaît dans mon champ de vision : Tatoué est là, juste à côté de moi, en train de béquiller sa mobylette. Il arrive tout juste.

« Eh ben, alors, lui crie-t-on depuis le terrain, c'est à cette heure-ci qu'on arrive ?

— On arrive quand on peut », grommelle Tatoué en me jetant un regard mauvais.

Comme si ça pouvait être de ma faute !

Célestin, absolument pas déstabilisé par l'absence de son compère, vient de dégommer l'ensemble des quilles encore debout. Cela mérite bien une salve d'applaudissements de la part de ses collègues.

Quand l'entraînement se termine, je décide de rester encore un moment sur mon banc, histoire de voir si par hasard quelqu'un a envie de me parler en privé. Alors que les joueurs rassemblent leur matériel et commencent à se disperser, je sors tranquillement une beedie de ma poche et l'allume.

« Salut, le Parisien ! me lance-t-on en passant. À demain.

— À demain ! »

Un à un, tous les joueurs s'éloignent. Bientôt, il ne reste plus que Célestin et Tatoué. Ce dernier se dirige droit sur moi. À moins que ce ne soit sur sa mobylette… Mais quand il s'arrête juste devant moi, les bras croisés et les sourcils froncés, il n'y a plus de doute à avoir.

« Dis donc, le Parisien, qu'est-ce que t'es allé raconter aux flics ?

— Qu'est-ce qui te dit que j'ai parlé aux flics ?

— Ils sont venus te chercher ici même, ce matin. Et après, ils ont passé près de deux heures chez toi. Me dis pas que tu leur as rien dit !

— Les nouvelles vont vite, à ce que je vois », dis-je en plantant mon regard dans celui de Célestin.

Celui-ci, tout rouge, se dandine d'un pied sur l'autre. C'est bien simple : je ne l'ai jamais vu aussi mal à l'aise ! Tatoué insiste.

« Alors ? Qu'est-ce que tu leur as raconté ?

— Qu'est-ce que ça peut te faire ?

— Ça peut me faire qu'ils ont débarqué chez moi, cet après-midi !

— Chez toi ? fais-je, étonné. Pourquoi ça ?

— C'est ce que j'aimerais bien savoir, figure-toi ! Ils ont dit qu'ils patrouillaient dans tous les alentours du Puech Bas, mais j'en crois pas un mot.

— Et pourquoi pas ? La route qui mène chez toi est juste avant celle du Puech Bas. »

Tatoué s'approche encore plus de moi. Si ça continue, il va s'asseoir sur mes genoux !

« Et comment tu sais ça, toi ?

— Tu sais, Tatoué, fais-je très sérieusement, il existe un truc : ça s'appelle une carte topographique. Dessus, il y a toutes les petites routes. Même celle qui mène chez toi et même celle qui va au Puech Bas… Et même que ce genre de carte, on la trouve en ligne sur Internet ! N'importe qui peut savoir que La Vayssière, c'est pas loin du Puech Bas. »

Tout en écrasant par terre la beedie que je viens de terminer, je continue tranquillement :

« Si on allait continuer de discuter chez Gaston ?

— Sûrement pas, grogne Tatoué. Je me casse !

— Et toi, Célestin ? dis-je.

— Ben… Je sais pas…

— Allez, amène-toi. Je te paye une bière ! »

Célestin hésite. Mais quand Tatoué enfourche sa mobylette et s'éloigne sans lui jeter le moindre regard, il n'hésite plus.

« Je viens, dit-il. De toute façon, faut que je te parle… »

Pendant le trajet jusqu'au bar, Célestin ne décroche pas un mot. Et à sa tête, je vois bien que ce n'est pas la peine d'essayer de lui parler pour le moment. Après la bière, peut-être.

Chez Gaston, il y a la troupe habituelle d'après entraînement : une demi-douzaine de mecs. Tous sont attablés près de la fenêtre. Comme s'il y avait quelque chose de particulier à regarder dehors… En tout cas, ça m'arrange : ma place, au bout du bar, est libre et suffisamment éloignée du groupe pour que je puisse discuter discrètement avec Célestin. Enfin, discrètement… Ça m'étonnerait que Gaston ne laisse pas traîner ses oreilles à côté de nous !

« Salut, Gaston.

— Salut, le Parisien. Une bière ?

— Deux », dis-je en montrant Célestin qui s'installe sur le tabouret d'à côté.

Gaston fait la moue, mais Célestin confirme ce que je viens de dire d'un hochement de tête décidé. Résigné, le patron du bar s'éloigne vers sa tireuse et se met à remplir deux verres. En attendant son retour, j'observe, mine de rien, mon voisin. Célestin a posé ses deux mains à plat sur le bar. Il regarde droit devant lui, au milieu des bouteilles, l'air concentré, sourcils de plus en plus froncés.

Il m'a tout l'air d'être une cocotte-minute sur le point d'exploser.

« T'as dit que tu voulais me parler ? » lui dis-je en me penchant légèrement vers lui.

Célestin incline la tête tout en arrondissant le dos.

« Je sais pas par où commencer…

— Commence par où tu veux. On finira bien par avoir toute l'histoire !

— Quelle histoire ? interroge Gaston, de retour avec nos deux verres.

— Celle que Célestin veut me raconter.

— Tu racontes des histoires, toi, maintenant ? se moque le patron du bar.

— C'est pas des histoires, grommelle Célestin. C'est la vérité vraie. »

À ce moment, quelqu'un près de la fenêtre interpelle le patron du bar.

« Oh, Gaston, tu viens taper la belote ? »

En voilà une bonne idée ! Et surtout, gardez-le le plus longtemps possible !

Gaston hésite. Sûr, il aimerait bien écouter ce que Célestin a à raconter… Mais ce que ce dernier raconte n'a pas toujours beaucoup de sens et Gaston se fait rarement prier pour une partie de belote. Avec un hochement de tête, il se dirige vers les joueurs de cartes. Je m'adresse de nouveau à Célestin.

« Alors ? »

« Alors, c'est ta copine… »

De surprise, je manque de renverser ma bière. Si je m'attendais à ça !

« Manon, tu veux dire ?

— Oui.

— Qu'est-ce qu'il y a ? Tu l'as vue ? »

Célestin hoche silencieusement la tête. Pas un mot ne sort ne sa bouche. C'est plus fort que moi, je l'agrippe par l'épaule.

« Comment ça, tu l'as vue ? Où ? Quand ? Comment elle va ? Qu'est-ce qui lui est arrivé ? »

Célestin me regarde avec l'air de chien battu qu'il arbore quand il a l'impression (et en général ce n'est pas qu'une impression) d'avoir fait une connerie.

« Elle te manque tant que ça ? fait-il.

— Évidemment qu'elle me manque ! Qu'est-ce que tu crois ? Et maintenant, dis-moi : où est-ce que tu l'as vue ? Est-ce qu'elle va bien ? »

J'ai l'impression que ma cage thoracique va éclater, tellement mon cœur bat fort, et la violence de ma réaction me surprend moi-même.

Bon sang, Manon, qu'est-ce qui s'est passé ? Pourquoi Célestin t'a vue ? Et pourquoi j'ai tellement peur, tout à coup ?

« Elle va bien, oui. Elle mange tous les jours… »

La sidération me rend muet pendant quelques longues secondes. Comment Célestin peut-il savoir que Manon mange *tous les jours* ? Comment peut-il le savoir autrement qu'en la voyant lui-même tous les jours ? Ce qui veut dire…

« Célestin, tu sais où elle est, c'est ça ? Et tu le sais depuis le début… »

Sans un mot, il attrape son verre de bière et le vide d'une traite. Puis il se lève, et sans un regard ou un mot de plus se dirige vers la porte. C'est plus que je ne peux en supporter. Fouillant dans ma poche à la recherche de monnaie, je jette littéralement sur le bar de quoi payer les deux boissons et, laissant mon verre à moitié plein sur le bar, je me précipite dehors à la suite de Célestin.

L'attrapant par le bras, je le regarde bien droit dans les yeux. Le temps nécessaire pour qu'il comprenne la gravité de la situation.

« Maintenant, tu vas me conduire jusqu'à elle. »

Est-ce qu'il y avait suffisamment de colère dans ma voix pour lui faire peur ou le déstabiliser ? Est-ce qu'il a compris que la plaisanterie avait assez duré ? Toujours est-il que Célestin prononce un unique mot. Le seul qui compte vraiment :

« D'accord. »

Lui lâchant alors le bras, je me mets à marcher à ses côtés. J'ai du mal à croire à ce qui se passe. Est-ce que je ne suis pas bêtement en train de rêver que je retrouve Manon ? Est-ce qu'il est vraiment possible que Célestin soit la clé de toute l'histoire ? Mais dans ce cas, quel est le lien entre Manon et Clotilde Pommier ? Et la Hollandaise ? Célestin a dit que Manon allait bien. Qu'elle mangeait tous les jours. Comment peut-elle bien faire ?

« Qu'est-ce qu'elle mange ?

— De la soupe. De la soupe de légumes.

— Comment tu le sais ?

— C'est moi qui la prépare. Et qui lui apporte. »

Tout cela est dit sur un ton tellement naturel que c'en est tout bonnement surréaliste. Je n'ai qu'une envie, c'est de l'attraper par le col, de le secouer dans tous les sens et de me mettre à hurler, mais je sais que cela ne sert à rien. Célestin ne fonctionne pas comme tout le monde. Il n'est pas fou, il n'est pas attardé mental (ou alors si peu), mais il vit dans un monde qui n'appartient vraiment qu'à lui. Et je sais que si je le bouscule, je risque de le faire chavirer du côté de l'indifférence totale à ce qui m'intéresse.

Célestin marche à grandes enjambées, l'air très décidé. Quand nous traversons la place Saint-Pierre en direction de la forêt, je me dis que je sais où nous allons.

« C'est chez Tatoué qu'elle est ? »

Pas de réponse. Mais Célestin accélère encore le pas. Bientôt, nous sommes sur le sentier. Traversons la passerelle, sur laquelle je ne prends absolument pas le temps de m'arrêter cette fois, et continuons en direction de La Vayssière.

Quand nous sortons de la forêt et que la palissade qui entoure les bâtiments qui composent la propriété de Tatoué apparaît, je suis pris d'une furieuse envie de courir.

Putain, dire que j'étais là hier ! Et que Manon est quelque part là-dedans ! Nom de Dieu de nom de Dieu… C'est pas possible !

Célestin ne dit toujours rien, mais je le sens ralentir imperceptiblement. Comme s'il avait peur. Comme s'il hésitait. Ou comme s'il était tout à coup soulagé d'être arrivé au but.

Au moment de déboucher dans la cour, alors que je le précède de quelques pas, je ne peux pas m'empêcher de marquer un temps d'arrêt. Devant moi, dans la cour, il y a la mobylette de Tatoué, mais il y a aussi la fourgonnette de la gendarmerie.

Par contre, il n'y a personne. Et pas un bruit.

Célestin aussi a vu la fourgonnette, évidemment. Il en est tout désemparé et semble hésiter sur la conduite à tenir. Je le rappelle à la réalité des choses.

« Célestin ? Où est-ce qu'on va, maintenant ? Elle est où, Manon ?

— Les… Les gendarmes… bredouille-t-il.

— On s'en fout, des gendarmes ! Moi, c'est Manon qui m'intéresse ! »

J'ai presque crié et je vois bien que ça l'affole. Ce n'est pas une bonne stratégie. M'obligeant à ralentir ma respiration, je prends le temps de retrouver le contrôle de moi-même avant de m'adresser de nouveau à lui. Calmement.

« Célestin, tu sais où elle est, Manon, n'est-ce pas ?

— Oui.

— Alors, amène-moi auprès d'elle. C'est pas plus compliqué que ça. Tu peux le faire ?

— Oui. »

Sa voix n'est qu'un murmure à peine audible. Je tente de l'encourager d'un sourire, mais je ne suis pas sûr que ce qui tord mes lèvres en soit vraiment un.

« Alors, c'est par où ? »

Du menton, Célestin m'indique le fond de la cour. Là où Tatoué creusait une tombe pour son alligator l'autre jour. Je me sens blêmir. Mais non : Célestin a dit que Manon allait bien et qu'il lui apportait de la soupe de légumes tous les jours. Elle ne peut pas avoir été enterrée à côté du reptile.

D'un pas malgré tout assuré, je traverse la cour, Célestin sur mes talons. Arrivé près de l'endroit où la terre a été retournée, je réalise qu'un corps entier de bâtiments se cache derrière ce que je croyais être le cœur de La Vayssière. Plus qu'une grange ou un hangar, on dirait qu'il s'agit d'un atelier, dont plusieurs portes obturées s'alignent devant moi.

Maintenant qu'il est lancé, Célestin n'hésite plus. Il me passe devant et se met à contourner les bâtiments. Est-ce qu'il y aurait encore quelque chose derrière ?

J'en suis là de mes réflexions quand le bruit d'un coup de feu retentit dans le bâtiment principal. Aussitôt, Célestin se fige. Blême, il se tourne vers moi. Quand il parle, sa voix tremble.

« Qu'est-ce qui se passe ?

— Comment veux-tu que je le sache ? ne puis-je m'empêcher de m'énerver. Quelqu'un a tiré, apparemment. Mais qui, sur qui, et pourquoi, j'en sais rien ! »

La logique voudrait que ce soit l'un des gendarmes. Enfin, la logique… Disons plutôt que c'est ce que j'espère ! Parce que si c'est Tatoué qui s'est amusé à faire un carton sur eux, il y a des chances pour qu'il nous prenne pour cible d'ici peu…

J'hésite encore sur la direction à prendre quand j'entends une porte s'ouvrir derrière moi. Aussitôt, je m'aplatis au sol : on ne sait jamais. Célestin me regarde avec des yeux ronds, raide comme un piquet, figé comme une statue. En tournant la tête, je réalise alors que le gars qui sort de la maison est en uniforme.

Putain, Marc, t'as pas l'air con, couché par terre…

Un peu dépité, je me relève le plus dignement possible pour faire face au plus jeune de mes schtroumpfs du matin. Il a toujours son pistolet en main, mais le remet aussitôt dans son étui et franchement je préfère ça.

« Monsieur Linard ? Qu'est-ce que vous faites là ?

— Qu'est-ce qui s'est passé ? dis-je en même temps. C'est vous qui avez tiré ?

— Non, le capitaine. Il fallait maîtriser monsieur Herail.

— Monsieur Herail ?

— Celui que vous appelez Tatoué.

— Vous l'avez tué ? s'affole Célestin.

— Mais non ! Maîtrisé.

— Ça veut dire quoi, maîtriser ? bafouille le pauvre bougre.

— Ça veut dire qu'ils l'ont empêché de s'enfuir ou de leur tomber dessus à bras raccourcis, dis-je. Qu'ils l'ont mis hors d'état de nuire, comme on dit. »

De l'intérieur, une voix s'élève alors.

« C'est bon, Barreau ? Vous avez appelé le SAMU ?

— Non, capitaine, pas encore. Mais ça vient ! répond le jeunot en sortant son téléphone portable de sa poche.

— Bon sang, Barreau, mais qu'est-ce que vous foutez ? » s'énerve alors le plus âgé.

Je ne sais pas pourquoi mais je trouve terriblement rassurant de voir que lui aussi peut s'énerver comme n'importe quel péquin lambda. Quoique… Lui, il a une arme à la ceinture. Alors, finalement, s'il pouvait toujours garder son calme, ce ne serait pas plus mal…

Instinct journalistique oblige, je m'approche de la porte et jette un œil à l'intérieur. Tatoué, menottes aux poignets, est assis par terre. Son pantalon s'orne d'une tache rouge foncé tandis que le gendarme en chef presse son poing sur son artère fémorale.

« Qu'est-ce que vous foutez là, vous ? s'énerve-t-il en me voyant.

— La même chose que vous : je cherche ma collègue.

— Vous voyez bien qu'elle n'est pas là ! Circulez !

— Oh, ça va, pas la peine de s'énerver… Elle n'est peut-être pas là, mais j'ai comme l'impression qu'elle n'est pas bien loin… Qu'est-ce que t'en dis, Tatoué ? »

Un regard noir me répond. Le genre que je verrais bien accompagner le mouvement de deux mains avides de serrer un cou bien fort. M'est avis qu'il ne faut pas trop le chatouiller, le Tatoué…

Le plus jeune des deux gendarmes s'approche à son tour.

« C'est bon, chef : ils seront là dans quinze minutes.

— Eh bien, venez donc appuyer là-dessus en attendant. Moi, je vais voir ce que monsieur Linard a à nous raconter. »

Le chef prend le temps de se laver les mains dans l'évier de la cuisine avant de m'entraîner vers l'extérieur. Là, la présence de Célestin a l'air de le surprendre un peu. Avant qu'il ne pose la moindre question, je m'explique.

« C'est Célestin qui m'a conduit jusqu'ici. Vous le connaissez, je crois ? Il m'a assuré que Manon était ici. En bonne santé.

— C'est vrai ! Je mens pas ! Elle va bien. »

Le gendarme me jette un regard mi-surpris mi-méfiant. En clair, il se demande si c'est du lard ou du cochon. Signe qu'il ne connaît pas Célestin aussi bien que moi…

« Vous pouvez le croire, vous savez ! dis-je. Célestin ne ment jamais : il en est tout bonnement incapable. »

Devant les oscillations frénétiques de la tête de ce dernier, le gendarme se détend un peu. Il n'y a pas besoin d'être particulièrement doué ni même attentif pour comprendre que le brave Célestin n'a pas inventé la poudre. Par contre, il peut tout à fait avoir eu envie de jouer avec. La poudre, bien sûr.

« Vous savez où est mademoiselle Gauthier ? demande le gendarme.

— Oui ! répond fièrement Célestin.

— Eh bien, vous allez nous conduire jusqu'à elle ! »

Célestin se tourne vers moi et me gratifie d'un grand sourire. Il est manifestement très fier d'être celui qui sait. Lui qui d'habitude ne sait rien, ne comprend rien, est moqué par tout le monde… Pour une fois, c'est lui qui détient une information capitale. Lui qui peut aider les autres et les conduire sur la bonne piste.

« Suivez-moi ! » dit-il.

Et ni le schtroumpf en uniforme ni moi ne songeons, ne serait-ce qu'une seconde, à ne pas lui obéir.

Fier comme un pape, Célestin se dirige à nouveau vers le fond de la cour, dépasse cette fois le coin du bâtiment principal, continue le long de ce qui ressemble à un atelier, contourne cette seconde construction et se dirige vers l'une des portes. La seule, apparemment, qui ne soit ni obstruée par des planches ni obturée par des moellons.

Sans façon, Célestin attrape la poignée de la porte et l'abaisse. La porte s'ouvre alors sans problème : elle n'est même pas fermée à clé.

Bon sang, c'est pas vrai… Manon était là depuis le début et il suffisait d'ouvrir la porte pour aller la chercher ?

À l'intérieur, il fait très sombre. Pas étonnant : le bâtiment est manifestement abandonné depuis des années ; il n'est sûrement plus alimenté en électricité. Célestin s'arrête quelques secondes, le temps d'habituer ses yeux à l'obscurité ambiante.

Le gendarme, qui n'est pas mieux équipé que nous pour faire face à l'absence de clarté, s'agace.

« C'est par où ? »

Une voix à la limite de l'hystérie nous fait alors tous sursauter.

« Là ! Je suis là ! Au secours ! Sortez-moi de là ! »

Manon ? Cette voix-là, ce serait celle de Manon ? Je sens que la mienne monte d'une octave elle aussi.

« Célestin, où est-ce qu'elle est ? »

Sans un mot, notre guide reprend sa marche. Avance le long d'un couloir où on y voit de moins en moins bien. Et finit par s'arrêter.

« Elle est là.

— Où ça, là ? demande le gendarme.

— Derrière la porte », précise Célestin.

Pris d'un vertige, je m'appuie contre la cloison qui jouxte la porte.

« Manon ? T'es là ? »

Ma voix résonne comme un coassement de grenouille mais je m'en fous. Je serais prêt à tomber à genoux par terre s'il le fallait.

« Marc ? C'est toi ? » répond une voix tout aussi étrange de l'autre côté.

Putain, mon vieux, ça y est, tu l'as retrouvée ! Et vivante, en plus !

Il fait trop sombre pour que je voie le visage de Célestin, mais je suis sûr qu'il sourit. Il est content de lui, l'animal ! Et le pire, c'est que j'ai beau savoir que le fait qu'il nous ait amenés jusqu'ici fait de lui sinon un coupable du moins un sacré complice, je n'ai qu'une envie, c'est de lui sauter au cou pour le remercier !

Pour un peu, tout ça finirait en roman à l'eau de rose ou en conte de fées sur le mode « ils vécurent heureux et eurent beaucoup d'enfants » ou « tout le monde il est beau, tout le monde il est gentil »… Mais heureusement, il y a un gendarme avec nous. Un mec qui a l'habitude de l'action, de l'efficacité, qui se fiche de savoir que j'ai les yeux qui débordent, et qui est doté d'un certain sens pratique.

« Vous avez la clé de cette porte ?

— Non, répond Célestin. C'est Tatoué qui l'a.

— Mais… »

Ma voix croasse toujours autant. Je m'éclaircis la gorge avant de continuer.

« Mais tu m'as dit que tu lui apportais à manger tous les jours !

— Par la trappe, en bas de la porte.

— La trappe ? »

Dans la faible luminosité ambiante, je discerne Célestin qui s'accroupit. Il attrape une barre qui semble être posée sur la porte elle-même, la soulève et l'écarte pour faire basculer un carré de bois d'une vingtaine de centimètres de côté. Une trappe, en effet. Par laquelle une main apparaît bientôt. La main de Manon. Enfin, je suppose : on n'y voit pas assez clair pour que je puisse la reconnaître.

« Restez ici, dit le gendarme. Je vais chercher la clé. »

Mon premier réflexe est de me dire que ce flic est le dernier des crétins. Il a un méga suspect sous la main (sans parler de moi, qui à défaut d'être coupable de quoi que ce soit, suis quand même sacrément impliqué dans toute cette affaire) et il se casse… Mais après tout, qu'est-ce que j'aurais fait à sa place ? Il est plus qu'évident que Célestin ne songe même pas une seconde à s'enfuir et que moi, je suis trop content d'avoir retrouvé celle que je me suis obstiné jusque-là à traiter de collègue pour avoir la moindre envie de m'éloigner de cette porte.

Bref, il est sûr de nous retrouver à son retour.

« Marc ? C'est vraiment toi ? murmure Manon au ras du sol.

— C'est moi, oui, dis-je en m'agenouillant pour m'approcher d'elle.

— Et avec toi, c'est qui ?

— Célestin.

— Célestin ? »

Toute l'incrédulité du monde semble s'être nichée dans ce simple mot. Manifestement, Manon ne savait pas qui venait la nourrir tous les jours. Elle ne le savait pas et elle était loin d'imaginer que cela puisse être notre brave Célestin…

Celui-ci s'approche à son tour. Sans façon, il s'assied à côté de moi et m'attrape par l'épaule.

« Tu vois, je t'avais dit qu'elle allait bien ! »

La joie, dans sa voix, n'est pas feinte. Célestin est heureux de mes retrouvailles avec Manon. Comment imaginer qu'il ait pu organiser sa disparition et l'amener ici, chez Tatoué ? C'est forcément ce dernier qui est le cerveau de l'affaire.

« Dis-moi, Manon, comment t'es arrivée là ?

— J'en sais rien ! Je suis où, d'ailleurs ?

— Dans une espèce d'atelier, chez Tatoué.

— Tatoué ? Le gars qui a un tatouage de crocodile sur le bras ?

— D'alligator », rectifie Célestin.

Tiens, on dirait que Tatoué lui a fait la leçon, à lui aussi ! Au ras du sol, la voix de Manon transpire le désarroi.

« C'est un peu la même chose, non ?

— Un peu, oui, dis-je, mais il y a quand même des différences entre les deux et Tatoué y tient : c'est bien un alligator qu'il a sur le bras. »

Manon reste silencieuse un moment. Je l'entends bouger et j'ai comme l'impression qu'elle vient de s'asseoir par terre, de l'autre côté de la porte. Quand elle reprend la parole, elle me semble rêveuse.

« C'est sûrement lui qui m'a endormie, alors… »

Endormie ? Elle aussi ? Comme le chien de Célestin ? Mais pour quoi faire, bon sang ? Et comment Tatoué a-t-il pu endormir Manon sans qu'elle s'en rende compte ?

Des bruits de pas me font tout à coup tourner la tête. C'est mon gendarme qui revient. Il a une clé dans la main. La clé de la porte. Célestin se lève pour lui faciliter l'accès. Moi, je n'ose pas : j'ai l'impression que mes jambes ne demandent qu'à me trahir. Accroupi devant la trappe, je me décale juste sur le côté et m'appuie lourdement sur la cloison.

En tâtonnant un peu, le gendarme met la clé dans la serrure. La tourne. Et abaisse la poignée. Les gonds de la porte grincent comme s'ils n'avaient pas servi depuis des années. Pourtant, il n'y a pas deux semaines que Manon est là-dedans.

La porte est maintenant ouverte en grand et rien ne se passe. Manon ne dit rien. Ne bouge pas. N'émet pas le moindre son, ne serait-ce qu'en respirant un peu fort ou en faisant un pas.

« Mademoiselle Gauthier ? s'inquiète le représentant des forces de l'ordre.

— C'est un gendarme, dis-je, me sentant obligé de le présenter.

— Mademoiselle Gauthier, vous allez bien ?

— Oui, oui, ça va… C'est juste… Rien du tout ; un peu de vertige. J'ai tellement rêvé de la voir ouverte, cette porte, que maintenant que c'est le cas, je me sens un peu… Tétanisée.

— Tu veux que je vienne te chercher ?

— Faut pas exagérer, quand même, répond-elle dans un sursaut, je suis encore capable de marcher ! »

La Manon que je connais a l'air d'être de retour. Rebelle et indépendante. C'est bon signe. Je me sens sourire. J'en retrouve même l'usage de mes jambes. Le temps de me mettre debout, je distingue une silhouette qui s'approche. Le pas lent, mais relativement assuré, Manon apparaît dans le couloir, fantomatique dans l'obscurité. Bientôt, elle n'est plus qu'à quelques dizaines de centimètres de moi.

« Je crois que j'ai besoin d'une bonne douche », dit-elle simplement.

Sans un mot, je la serre contre moi. Très fort. À m'en faire mal aux bras. Le plus bizarre, c'est qu'elle ne râle même pas…

« C'est vrai que tu sens pas la rose ! » finis-je par articuler.

Escortés par le gendarme et par Célestin, nous prenons le chemin de la sortie. Plus nous approchons de l'extérieur, plus Manon ralentit. Bientôt, elle met sa main en visière au-dessus de ses yeux pour les protéger. Pourtant, on commence tout juste à y voir clair. Ses dix jours de captivité dans le noir ont manifestement laissé quelques traces.

Sur le pas de la porte, elle s'arrête franchement. Devant nous, il n'y a que de la forêt.

« C'est là que Tatoué habite ? s'étonne-t-elle.

— De l'autre côté, dis-je. Manifestement, il a voulu te planquer le plus loin possible de l'entrée. »

Maintenant que nous sommes en pleine lumière, je prends le temps de l'observer. Elle porte les mêmes vêtements que lorsqu'elle m'a quitté, ce lundi matin, pour rentrer à Paris. Ils sont poussiéreux et froissés, mais comment pourrait-il en être autrement après tout ce temps ? Ses cheveux qui n'ont vu ni peigne ni brosse depuis aussi longtemps forment une touffe emmêlée. Ses traits sont tirés. Mais dans l'ensemble, comme dit Célestin, elle va bien.

Je ne peux m'empêcher de la serrer contre moi à nouveau.

« Putain, qu'est-ce que je suis content de te revoir ! T'imagines même pas à quel point... »

Contournant l'atelier, nous approchons maintenant de la tombe de l'alligator. Au souvenir de la frayeur qui m'a saisi à la vue du cercueil, je ne peux retenir un sourire. Manon, qui a suivi mon regard et découvert le monticule de terre fraîchement retournée, m'interroge.

« Qu'est-ce qu'il y a ?

— Tu devineras jamais ce qu'il y a là-dessous ! lui dis-je.

— Eh ben, vas-y, surprends-moi ! »

Mais avant que j'aie pu répondre, un nouveau coup de feu, en provenance de la maison, nous fige tous les quatre.

« Restez là ! ordonne le gendarme avant de s'élancer dans la cour.

— Qu'est-ce qui se passe ? s'affole Célestin.

— Comment veux-tu qu'on le sache ! »

Tout de suite, je regrette le ton sur lequel j'ai parlé. Avec Célestin, c'est le coup à ce qu'il s'affole, se recroqueville, perde le peu de moyens qu'il a et risque encore plus de partir en vrille.

« Excuse-moi, Célestin, je voulais pas me fâcher… Mais j'ai vraiment pas la moindre idée de ce qui a pu se passer. »

Notre gendarme nous a bien dit de ne pas bouger, mais quand il devient manifeste que le bruit de moteur que nous entendons depuis que Manon est sortie de sa cage appartient à un véhicule qui se dirige vers le Puech Bas, et surtout quand ledit véhicule pénètre en trombe dans la cour, nous ne pouvons pas faire autrement que de nous approcher : la curiosité est trop forte.

C'est le SAMU qui débarque pour s'occuper de Tatoué.

Le plus jeune des gendarmes apparaît alors à la porte de la maison.

« Ce n'est pas la peine de vous presser. On vous a fait venir pour rien : il vient de se faire étrangler.

— Quoi ? »

Le toubib du SAMU n'essaie même pas de cacher sa surprise. Il faut dire que la phrase du flic est tout ce qu'il y a de plus précise : Tatoué *s'est fait étrangler*. Sous-entendu : par quelqu'un. Mais qui donc ? Pas le plus vieux des schtroumpfs, quand même !

Célestin n'est peut-être pas le gars le plus futé qui soit, mais il a bien compris ce qui se passe et devient tout blanc.

« Tatoué, étranglé ? » bredouille-t-il.

Manon et moi échangeons un regard : l'histoire se complique. Pour ma part, j'en étais arrivé à la conclusion que Tatoué était le cerveau de toute l'histoire. Mais dans ce cas, qui aurait pris la peine de venir jusqu'ici pour le faire taire ? Quelqu'un d'autre est manifestement impliqué. Quelqu'un qui n'a pas envie de risquer qu'on parle de lui aux gendarmes.

Dans la cour, nous nous retrouvons tous : l'équipe du SAMU, les gendarmes, Célestin, Manon et moi.

« Vous permettez que je vérifie ? demande le toubib.

— Allez-y, répond le plus vieux des gendarmes, mais je vous assure qu'il n'y a pas le moindre doute à avoir. »

En effet, quelques secondes à peine se sont écoulées quand le médecin réapparaît, constatation faite.

« Vous avez vu l'agresseur ? demande-t-il aux gendarmes.

— Aperçu, seulement, répond le plus âgé. Le suspect était menotté à l'intérieur de la maison. Mon collègue lui avait fait un garrot et était sorti vous attendre à l'extérieur quand il a entendu du bruit dans la maison. Il est entré et a trouvé le suspect sans vie. À côté de lui, la fenêtre était grande ouverte et il a aperçu quelqu'un qui s'éloignait en courant.

— J'ai fait les sommations d'usage et j'ai tiré pour tenter de l'arrêter, mais il a disparu dans la forêt, complète le plus jeune. »

Voilà donc l'explication du coup de feu.

Un troisième homme… Pourquoi faut-il toujours qu'il y en ait un ? À croire que les criminels ne sont capables d'agir que par trois.

Mais c'est qui, putain, ce troisième homme ? Je commence à en avoir ma claque, moi, de jouer aux devinettes ! C'est plus de mon âge…

Histoire de ne pas avoir fait venir le SAMU pour rien, le plus vieux des gendarmes montre Manon au toubib.

« Mademoiselle Gauthier a été gardée prisonnière dans ce bâtiment pendant dix jours. Vous pouvez l'examiner, s'il vous plaît ?

— Je vais bien, se défend Manon.

— C'est ce que nous allons voir, sourit le médecin. Vous voulez bien me suivre jusqu'à l'ambulance ? »

L'air indécis, Manon se tourne vers moi. Comme si elle attendait mon autorisation. Ou comme si elle n'osait plus prendre la moindre décision toute seule.

« Vas-y, dis-je en l'encourageant d'un geste. C'est mieux qu'un médecin t'examine. »

Celui-ci tend la main vers Manon et cela finit de la décider. Lentement, elle se met en route et l'accompagne.

« Elle a l'air d'être un peu secouée, commente le plus jeune des flics.

« — Vous le seriez sûrement aussi si on vous avait enlevé et séquestré pendant deux semaines ! » ne puis-je m'empêcher de répondre.

Tout à coup, la colère me submerge.

« Et puis, qu'est-ce que vous foutiez, dehors ? Vous ne pouviez pas surveiller Tatoué au lieu de prendre l'air ?

— Calmez-vous, monsieur Linard, intervient l'autre. Personne ne pouvait prévoir que monsieur Herail se ferait agresser.

— Comme si c'était pas votre boulot ! »

Le flic me dévisage un moment. Je sens qu'il meurt d'envie de me dire mes quatre vérités, mais il a manifestement plus important en tête.

« Dites-moi, monsieur Linard, vous qui êtes en immersion depuis des mois, vous n'auriez pas une petite idée concernant l'identité de l'agresseur ? »

Putain, faut vraiment tout faire soi-même... J'ai déjà retrouvé Manon ; peut pas me foutre la paix, maintenant, le schtroumpf ?

Mais en vrai, je n'ai juste absolument aucune espèce d'idée...

« Aucune, monsieur l'agent. Je ne vois pas du tout qui c'est... »

Le gendarme se tourne alors vers Célestin, mais après avoir légèrement hésité, il se contente de croiser les bras sur sa poitrine, l'air soucieux. Et comme je le comprends ! Il croyait certainement avoir résolu une affaire délicate en retrouvant Manon... et en fait il vient de s'en coller une encore plus mystérieuse sur les bras.

Moi, ce qui me titille les neurones, c'est la méthode employée pour se débarrasser de Tatoué. Non seulement il a été étranglé, mais en plus il l'a été vite fait bien fait. Parce que le plus jeune des flics avait beau être dehors, il ne s'est sûrement pas passé plus de quelques minutes entre le moment où il est sorti de la maison et celui où il y est rentré.

Quelques minutes pour étrangler quelqu'un, ce n'est pas forcément du travail de pro, mais ce n'est pas non plus le fait d'un amateur. Ou alors un amateur éclairé. Qui n'en est pas à son coup d'essai.

Quelqu'un qui aurait étranglé Clotilde Pommier, à l'époque, par exemple.

Quelqu'un de costaud. Un mec, bien sûr. Et quelqu'un qui aurait eu l'idée de venir surveiller ce qui se passait à La Vayssière. Ou quelqu'un qui nous aurait suivis, Célestin et moi.

Quelqu'un, en tout cas, qui est mouillé dans l'une des trois affaires qui me turlupinent. Ou dans les trois.

Mais qui ?

Le toubib du SAMU réapparaît alors, me détournant de mes réflexions.

« Elle va bien, dit-il. Une bonne douche, un bon lit, et tout ça ne sera plus qu'un mauvais souvenir.

— Nous pouvons l'interroger ? demande le plus vieux des gendarmes.

— Bien sûr ! Mais ne la brusquez pas trop quand même. »

Bien décidé à en apprendre le plus possible, je m'approche aussi.

« Mademoiselle Gauthier, commence le flic, de quoi vous souvenez-vous ? Qu'est-ce qui s'est passé, ce lundi matin, quand vous avez quitté le village ? »

Manon semble regarder très loin dans ses souvenirs. Comme dans une autre vie. Un autre monde. Quand elle se met à parler, sa voix est étrangement lointaine.

« Je venais juste de partir pour rentrer à Paris. J'ai vu Célestin au bord de la route, qui faisait de grands gestes, alors je me suis arrêtée. Il m'a dit qu'il fallait rattraper son chien, qui s'était enfui sur une petite route. J'ai proposé de l'emmener, mais il n'a pas voulu : il avait peur de salir ma voiture… »

Voilà pourquoi on n'a rien trouvé dedans.

« J'ai pris la route qu'il m'indiquait et j'ai avancé un moment, jusqu'à ce que je voie un chien couché au milieu de la route. Là, je me suis arrêtée. Il y avait une esplanade sur le côté, alors je m'y suis garée. Je suis descendue de voiture pour m'approcher du chien, et là… »

Manon fronce les sourcils, puis se tourne vers moi comme pour me prendre à témoin.

« On m'a attrapé le bras, j'ai senti comme une piqûre… Et je me suis retrouvée là où vous m'avez trouvée.

— Entre les deux, vous ne vous souvenez de rien ? demande le gendarme.

— De rien du tout. Et pourtant, je vous assure que j'ai essayé ! »

Pour moi, une chose est claire : c'est bien une piqûre que Manon a ressentie. Et c'est Tatoué qui lui a administré un somnifère. Tout s'explique : la raison pour laquelle il a endormi le chien de Célestin, celle pour laquelle ce même chien devait rester couché sans bouger…

Après, Tatoué a dû amener Manon chez lui à travers bois (ce qui explique le bandana retrouvé accroché aux ronces), et vu la distance, cela relève quand même de la performance physique.

La question qui reste est : pourquoi ?

Ce qui semble clair aussi, c'est que Célestin détient toutes les clés de l'histoire puisque c'est lui qui a aiguillé Manon sur la route du Puech Bas. Et il ne l'a pas fait par hasard puisque son chien s'y trouvait bel et bien, mais endormi par Tatoué.

Et puis, c'est aussi Célestin qui a nourri Manon pendant tout ce temps.

Le plus vieux des gendarmes est manifestement arrivé aux mêmes conclusions que moi, parce que je le vois regarder le brave Célestin d'un air dubitatif. Il faut dire que celui-ci, les mains dans les poches, se dandine d'un pied sur l'autre comme le ferait un gamin de 6 ans pris en faute.

Le chef des schtroumpfs soupire.

« Vous croyez qu'on va arriver à en tirer quelque chose ? demande-t-il en désignant Célestin du menton.

— Il va bien falloir, dis-je, parce que maintenant, il est le seul à pouvoir nous aider à comprendre. »

Le gendarme soupire à nouveau puis se dirige d'un pas décidé vers Célestin. Je m'apprête à le suivre quand Manon me retient d'une main sur mon bras.

« Tu sais ce qui s'est passé, toi ? demande-t-elle à mi-voix.

— Pas vraiment, non. Pas tout, en tout cas.

— Dis-moi déjà ce que tu sais.

— Alors, pour faire simple, de ce que j'ai pu comprendre, c'était bien le chien de Célestin qui était par terre quand tu t'es arrêtée : il avait été endormi par Tatoué pour ne pas bouger.

— Et il m'a fait la même chose quand je me suis arrêtée !

— Exactement. Après, il a dû te porter sur son dos pour t'amener jusqu'ici. Par la forêt, on fait le trajet en dix minutes : je le sais, j'ai trouvé le sentier par lequel il est passé.

— Mais pourquoi il m'a amenée là ? Et pourquoi Célestin venait m'apporter à manger tous les jours ?

— Et pourquoi quelqu'un vient-il de faire taire Tatoué, surtout ! »

Les questions tournent en boucle dans ma tête et je me sens comme pris de vertige. Mais la main de Manon, à nouveau légèrement posée sur mon bras, me remet les pieds sur terre. Je me tourne vers elle. Le toubib lui a manifestement fourni de quoi se rafraîchir le visage : elle est moins sale que tout à l'heure. N'empêche qu'elle n'a pas l'air tellement en forme.

Dans une impulsion qui me dépasse, je la prends à nouveau dans mes bras et l'écrase contre ma poitrine.

« Serre pas si fort ! articule-t-elle enfin avec peine, je peux plus respirer…

— Excuse-moi, dis-je en desserrant un peu mon étreinte (juste ce qu'il faut pour lui permettre de se remplir les poumons) mais tu peux pas savoir à quel point je suis heureux de t'avoir retrouvée…

— Tu t'es inquiété ?

— Évidemment ! Quand le rédac chef m'a appelé pour me dire qu'il t'avait pas vue depuis le début de la semaine, j'ai bien compris qu'il s'était passé quelque chose… Et ta voiture vide sur la route du Puech Bas… Ton appart où il y avait des tas de messages sur le répondeur…

— T'es allé chez moi ? s'étonne Manon.

— Oui.

— T'étais vraiment inquiet, alors, dit-elle en hochant la tête.

— Et j'étais pas le seul. Rose-Marie et Nina aussi. »

Cette fois, Manon s'écarte franchement de moi. Elle me regarde avec des yeux ronds.

« T'as rencontré ma mère et ma grand-mère ? »

Un sourire m'échappe à l'évocation des paroles de Rose-Marie : « trois générations d'emmerdeuses ». Manon fronce les sourcils.

« Quoi ? dit-elle, méfiante.

— Elles ont un sacré caractère, toutes les deux !

— Je suppose que tu veux dire par là qu'elles sont chiantes… »

L'éclat de rire qui me secoue attire sur nous l'attention du vieux schtroumpf. Enfin, vieux… Il ne doit pas l'être plus que moi, en fait.

« Mon collègue va vous raccompagner chez vous, avec mademoiselle Gauthier, dit-il.

— Et vous ? Vous restez là ?

— Je dois encore interroger le témoin. »

De la tête, il désigne Célestin, qui s'est assis par terre en attendant qu'on veuille bien à nouveau s'occuper de lui.

« Bon courage, alors !

— Merci », répond-il en s'éloignant à nouveau.

Mettant mon bras autour de ses épaules, j'entraîne Manon vers la fourgonnette de gendarmerie. Elle y monte sans dire un mot, l'air ailleurs.

Elle a quand même vraiment pas l'air dans son assiette…

Notre chauffeur s'étant installé au volant, il se passe à peine cinq minutes avant que la fourgonnette ne s'arrête à nouveau, devant notre maison cette fois. Manon la regarde comme si c'était la première fois. Une bonne minute, avant de se mettre à bouger. Je l'encourage doucement.

« Viens. Une bonne douche te fera du bien… »

Quand elle passe devant moi pour descendre du véhicule, je remarque le mouvement des rideaux chez madame Laur. Ça y est, la nouvelle du retour de Manon va commencer à faire le tour du village.

Quand j'ouvre la porte, Manon hésite un moment, puis elle entre, fait quelques pas indécis, et se laisse tomber sur une chaise.

« Quand je pense qu'il n'y a que dix jours que je suis partie d'ici… J'ai l'impression que ça fait des mois ! »

Elle s'est à peine tue qu'un miaulement sonore se fait entendre. Genre appel au secours. Depuis la chambre, où il est toujours planqué sous le lit, le chat s'époumone.

En l'entendant, Manon s'étonne.

« C'est le chat ? Qu'est-ce qui lui arrive ?

— J'aimerais bien le savoir, figure-toi ! Depuis hier, il ne bouge pas de sous le lit. Il a l'air complètement terrorisé. Il a même pissé là ! »

Dès la porte de la chambre, je remarque pourtant que quelque chose a changé : la tête du chat apparaît et soulève le bord de la couette.

« Viens ! dis-je en tendant la main vers lui pour l'encourager. Ta maîtresse est de retour ! »

L'animal hésite, puis finalement se décide. Il avance une patte, puis une deuxième… Relève la tête et finit de s'extraire de sous le lit.

« Appelle-le, dis-je à Manon.

— Kikinette ! lance-t-elle depuis la cuisine. Viens, mon chat ! »

Le chat en question cligne des yeux et se tourne vers moi. S'il pouvait parler, je sais ce qu'il dirait : « T'es sûr que je rêve pas ? » Précautionneusement, il fait les quelques pas qui lui sont nécessaires pour atteindre la porte. Marque un nouveau temps d'arrêt. Puis s'approche de Manon, jusqu'à se frotter contre ses jambes.

Manon esquisse un sourire en se penchant vers lui, qui saute alors sur ses genoux, où il entreprend de faire sa toilette. Le sourire de Manon s'accentue. Au fur et à mesure des caresses qu'elle dispense sur le dos du chat, je la vois se détendre et retrouver des couleurs. Il n'y a pas à dire : la ronronthérapie, ça marche !

« Tu veux boire quelque chose ? dis-je. Un café ? Une bière ? Manger ?

— Je veux bien une bière, répond Manon contre toute attente.

— OK, ça marche. »

Je me garde bien de lui faire remarquer qu'elle n'en boit pratiquement jamais d'habitude. Il faut croire que dix jours de captivité, ça vous change un homme. Ou une femme.

Les bières blondes sans goût réel, qui ne procurent comme plaisir que leur fraîcheur l'été et le picotement des bulles sur la langue l'hiver, j'en bois assez souvent chez Gaston. À la maison, je ne m'offre donc que des bières spéciales, vraiment goûteuses. J'en ai toujours trois ou quatre sortes différentes en stock, pour être prêt à parer à toute éventualité et pouvoir satisfaire n'importe quelle envie.

Là, pour Manon, je choisis une bière blanche épicée à l'écorce d'orange amère et surtout la cardamome : c'est ce qu'il lui faut pour reprendre doucement pied dans la liberté. Pour moi, ce sera une brune un peu charpentée, au goût de tourbe sauvage, histoire d'asseoir définitivement le soulagement de savoir Manon en vie et en forme.

Sans un mot, elle prend le verre que je lui tends. J'approche le mien et nous trinquons en silence. Le bruit cristallin des verres retentit bizarrement dans la pièce. À mi-chemin entre une sonnette joyeuse et l'appel du tocsin.

Manon avale une longue gorgée et ferme à demi les yeux.

« Je ne savais pas que tu cachais des bières aussi bonnes dans ton frigo, dit-elle.

— Pourtant, je n'ai jamais eu que des bonnes bières dans mon frigo. Les mauvaises, c'est au bar que je les avale. Pour passer le temps.

— Passer le temps… répète-t-elle rêveusement. J'ai appris ce que ça voulait dire. »

Je la laisse boire tranquillement, puis, quand elle pose son verre sur la table, je me lance.

« Tu crois pas qu'il faudrait que t'appelles chez toi ? Pour les rassurer ? »

De nouveau, Manon me jette ce regard venu d'ailleurs.

« Ouais, t'as peut-être raison… »

Mais elle ne fait pas le moindre geste qui puisse laisser penser qu'elle a vraiment l'intention de le faire. Je me lève alors et lui tends mon téléphone.

« Vas-y. Je suis sûr qu'elles attendent ça avec impatience. »

Avec une lenteur stupéfiante, Manon prend mon téléphone. Elle compose un numéro, puis porte l'appareil à son oreille tout en caressant le chat d'une main distraite. L'attente me semble interminable. Pourtant, Manon reste très calme. À se demander si, d'avoir passé dix jours dans le noir, elle ne s'est pas grillé un paquet de neurones…

« Nina ? dit-elle enfin. C'est Manon. »

Nina. Évidemment. Avec le caractère qu'a la vieille dame, aucune chance qu'elle accepte de se faire appeler Mamie !

« Oui, oui, je vais bien… »

Devant moi, Manon ne dit plus un mot. Aux mouvements des traits de son visage, je devine le flot de paroles qui doit s'écouler dans son oreille. Nina est peut-être une emmerdeuse ; elle n'en est pas moins une grand-mère qui était drôlement inquiète pour sa petite-fille.

« Je vais bien, Nina. Je t'assure… »

Encore un flot de paroles. Manon lève les yeux au ciel. Agacée, elle finit par me tendre l'appareil.

« Dis-lui, toi… »

Le téléphone à vingt bons centimètres de mon oreille, je commence déjà à entendre la voix de Nina.

« … pas possible que tu ailles bien, comme tu dis ! Ça fait dix jours, Manon. Dix jours !

— Allô, Nina ? dis-je, avant qu'elle ait le temps de reprendre son souffle. C'est Marc.

— …

— Nina ? Vous êtes là ?

— Évidemment que je suis là ! Alors, dites-moi, vous : comment va ma petite-fille ?

— Aussi bien que possible, je vous assure. Elle est un peu secouée, évidemment, mais comme l'a dit le médecin : une bonne douche, une bonne nuit de sommeil, et elle sera en pleine forme !

— C'est bien les hommes, ça ! Incapables de comprendre que ce n'est pas aussi simple !

— Écoutez, Nina, ne vous inquiétez pas : Manon n'est pas seule.

— Vous allez prendre soin d'elle, hein ? s'inquiète la vieille dame.

— Comme de la prunelle de mes yeux. Je vous le promets.

— …

— Nina ?

— Je compte sur vous », répond-elle enfin, la voix alourdie par l'émotion, avant de raccrocher.

Je viens juste de poser mon téléphone sur la table que Manon se lève, après avoir pris la peine de déposer délicatement le chat par terre.

« Je vais prendre une douche, dit-elle. Je crois que j'en ai sacrément besoin. Et puis, ça me remettra peut-être les idées en place… »

Cette façon implicite de reconnaître qu'en effet, elle ne va pas très fort ne lui ressemble pas du tout. J'en suis ému au-delà de tout ce que je pouvais imaginer.

Quand elle arrive devant la porte de la salle de bains, je ne peux m'empêcher de l'interpeller.

« Évite de fermer à clé ; on ne sait jamais !

— S'il y a une chose dont j'ai pas envie, c'est bien de m'enfermer… »

Évidemment, j'aurais dû y penser. Imaginer qu'elle puisse s'enfermer, c'est comme imaginer qu'elle puisse rester dans le noir. Quoique… Les réactions sont parfois étranges. Après avoir passé dix jours enfermée dans le noir, elle pourrait tout aussi bien avoir du mal à se retrouver en pleine lumière dans un espace ouvert.

De vieux souvenirs de conseils reçus d'un médecin habitué à recevoir des gens en situation de stress post-traumatique me reviennent en mémoire. Ne pas poser de questions. Accueillir la parole. Être conscient du fait que les souvenirs traumatisants peuvent transformer la vision de la réalité.

Bref, il n'est pas impossible que Manon soit sortie de chez Tatoué avec un grain.

Tout cela me ramène à Célestin.

Célestin qui est la clé de tout. En tout cas, qui est le seul témoin vivant. Autant dire que comprendre ce qui s'est passé ne va pas être facile…

Mon vieux Marc, t'as encore du pain sur la planche. Faut vite que tu te remettes au boulot !

FIN

Remerciements

Merci à Jean-Philippe Touzeau pour son exemple, son soutien, sa générosité et son regard bienveillant.

Merci infiniment à Catherine Coulombel, qui a su mettre le doigt sur les plus gros défauts de ce deuxième tome, me permettant ainsi de les corriger.

Merci à Hélène Babouot pour son regard toujours aussi critique et constructif.

Merci à Rémi qui n'a pas son pareil pour débusquer les détails qui gênent la cohérence de l'ensemble.

Merci à Diane, ultime bêta-lectrice qui a su voir ce que les précédents lecteurs avaient laissé passer !

Merci à David Forrest pour la création de la couverture.

Et un énorme merci à tous les lecteurs du premier tome qui ont réclamé la suite à cor et à cri…

Merci à tou·tes les lecteur·ices inscrit·es à ma newsletter. Vous êtes de plus en plus nombreux et répondez toujours présent lorsque j'ai besoin de vous. Je vous en suis extrêmement reconnaissante.

Merci aussi à toi, qui viens de me découvrir avec ce texte. S'il t'a plu, parles-en autour de toi ! Rien ne vaut l'enthousiasme d'un·e lecteur·ice comblé·e pour faire voyager des personnages.

Je t'engage à continuer en lisant le tome 3 du *Chat du jeu de quilles*. Puis, si tu veux retrouver Marc et Manon, à enchaîner avec *Putain de vacances !*

Enfin, si tu souhaites découvrir une autre partie de mon univers, télécharge *Julie, 18 ans*, le préquel numérique de la série *Philie Station*, en t'inscrivant ici :
https://www.subscribepage.com/philiestation

L'autrice

Florence Clerfeuille a toujours aimé jouer avec les mots. Elle aime aussi écouter les gens se raconter et vibrer avec eux. Ancrée dans son époque, elle a à cœur de se faire le relais des préoccupations et des combats du moment. De créer des personnages en constante évolution.

Pour être tenu.e au courant de sa production, participer à la création de ses couvertures et lire le début de ses prochains livres en avant-première, inscris-toi sur son site Internet :

https://www.florence-clerfeuille.com/en-cadeau

Tu pourras au passage télécharger gratuitement ses deux recueils de nouvelles et le préquel de la série *Philie Station*.

Tu as quelque chose à lui dire ? Contacte-la par mail à l'adresse suivante :

auteur@florence-clerfeuille.com

Elle se fera un plaisir de te répondre !

Si, malgré le soin apporté à la correction de ses textes, tu y trouvais des fautes, elle te sera aussi reconnaissante de les lui signaler. Tu seras remercié.e par le livre numérique de ton choix dans sa production.

Tu peux aussi t'abonner à sa page Facebook :
https://www.facebook.com/fclerfeuille
ou la suivre sur Instagram :
https://www.instagram.com/florence.clerfeuille/

Profites-en pour lui dire ce que tu as pensé de ce
roman. Cela l'aidera beaucoup ! Merci et à bientôt.

Dépôt légal : décembre 2021